FAMILIENTREFFEN
MIT LEICHE

Über dieses Buch

Die in die Jahre gekommenen Zwillinge Giovanni und Raphael besuchen ihre alte Lehrerin Lilly Höschen in dem idyllischen Harzer Ort Lautenthal und erzählen ihre kuriose Familiengeschichte. Auch Amadeus, Lillys Großneffe, ist dabei. Am nächsten Tag findet ein Familientreffen statt, zu dem auch Lilly und Amadeus eingeladen sind. Vor dem Ort des Treffens, einem Hotel in Goslar, wird Lilly Zeugin eines Verbrechens. Jetzt ist die alte Dame in ihrem Element und setzt alles daran, die Tat, unabhängig von den Ermittlungen der Polizei, aufzuklären. Dann geschieht wieder etwas Schreckliches. Was haben die aktuellen Geschehnisse mit der Familiengeschichte zu tun?

Die Handlung und die Personen in diesem Buch sind frei erfunden. Die vorkommenden Orte Clausthal-Zellerfeld, Lautenthal, Goslar, Torfhaus, Braunlage und Bad Lauterberg sind authentisch.

Helmut Exner

Familien-
treffen

mit Leiche

Harzkrimi

Bibliografische Information der Deutschen Nationalbibliothek
Die Deutsche Nationalbibliothek verzeichnet diese Publikation in der Deutschen Nationalbibliografie; detaillierte bibliografische Daten sind im Internet über **http://dnb.d-nb.de** abrufbar.

Familientreffen mit Leiche

2. Aufl. 2019

ISBN 978-3-947167-76-0

Dieser Titel ist auch als eBook erhältlich
in den Formaten ePub und MobiPocket (Kindle).

© 2019 by Helmut Exner

Abbildungsnachweise:

Umschlagmotiv © vitalytitov
26513075 | bigstockphotos.com

Umschlagmotiv © pashabo
46835740 | bigstockphotos.com

Hintergrundmotiv, Seite 164 © Yuriy2012
322773506 | shutterstock.com

Porträt des Autors © Ania Schulz
as-fotografie.com

Lektorat & DTP:
Sascha Exner

Druck:
WIRmachenDRUCK GmbH, Backnang

Verlag:
EPV Elektronik-Praktiker-Verlagsgesellschaft mbH
Obertorstr. 33 · 37115 Duderstadt · Deutschland
Fon: +49 (0)5527/8405-0 · Fax: +49 (0)5527/8405-21
E-Mail: mail@harzkrimis.de

HARZKRIMIS.DE

Clausthal-Zellerfeld und Lautenthal, 14. Februar 2014

»Das ist vielleicht blöd, auf diesem albernen Schwanz zu sitzen«, sagte Amadeus gestresst.

»Das ist kein Schwanz, sondern ein Federbusch«, gab Marie lächelnd an ihren Mann zurück. Die beiden saßen im Auto. Sie waren auf dem Weg zu einem Kostümball in der Stadthalle. Ihre kleine Tochter Lilly hatten sie bei den Großeltern abgeliefert, die in Clausthal wohnten. Zum ersten Mal seit der Geburt wollten sie nun zusammen ausgehen. Amadeus konnte diesen ganzen Karnevalsrummel nicht leiden. Aber um seiner Frau etwas Gutes zu tun, hatte er sich schließlich in ein Hahnenkostüm gezwängt und war nach Clausthal gefahren. Marie war als Pippi Langstrumpf verkleidet. Sie parkten ihren Wagen an der Stadthalle und gingen in das gut gefüllte Foyer. Dort wurden sie mit Lachsalven empfangen.

»Warum ist denn hier niemand im Kostüm?«, fragte Amadeus erstaunt.

Irgendjemand antwortete: »Weil hier heute eine Theateraufführung stattfindet. Der Maskenball ist morgen.«

»Das kann doch gar nicht sein. Heute ist doch Samstag.«

Marie sah Amadeus verärgert an und korrigierte: »Heute ist Freitag. Und wenn du mich nicht sofort hier raus bringst, schreie ich. Und zwar nicht aus Vergnügen, sondern weil ich mich zu Tode schäme. Die Leute sind alle chic angezogen, und ich laufe hier als Pippi Langstrumpf herum und du als alberner Hahn mit einem Federbusch am Hintern.«

Unter dem ausgelassenen Gelächter der Leute verließen Marie und Amadeus fluchtartig das Foyer und sahen zu, dass sie ins Auto kamen. Die Leute, denen sie auf dem Parkplatz begegneten, konnten sich vor Lachen kaum halten. Es dauerte eine gefühlte Ewigkeit, bis sich Amadeus mit seinem Kostüm in den Wagen zwängen konnte. Als er endlich die Beifahrertür geschlossen hatte, sagte Marie atemlos: »Amadeus, ich habe ja schon viel mit dir erlebt. Aber das heute war noch mal eine deutliche Steigerung. Von diesem Vorfall wird man noch Generationen später erzählen. Ich könnte im Erdboden versinken.«

Dann klingelte Amadeus´ Handy.

»Tante Lilly, das ist jetzt wirklich ganz schlecht. Wir sind gerade auf dem Heimweg von einem Maskenball, der gar kein Maskenball ist. Und Marie steht am Rande eines Nervenzusammenbruchs. Ich habe Angst, dass sie mich gleich schlägt. Wir fahren jetzt zu Maries Eltern, wo wir heute übernachten wollen... Was? Ich soll zu dir kommen? Jetzt sofort? Was ist denn so wichtig?... Ach, das gibt es doch nicht. Woher kennst du denn die Saufklever-Zwillinge?... Ach, das hätte ich mir denken können. Warte mal, ich frag Marie, ob sie mich entbehren kann.«

Marie sah ihren Mann streng an und antwortete, bevor Amadeus überhaupt gefragt hatte: »Je weiter du dich von mir entfernst, desto besser. Mein Bedarf an albernen Hähnen ist für heute gedeckt. Kikirikiiii!«

»Tante Lilly? Marie hat gerade den Hahn gemacht. Ja, ich glaube, sie mag mich heute nicht. Ich habe nämlich den Termin des Maskenballs mit dem des Theaterabends verwechselt. Und es war nicht sehr erbauend, als Pippi Langstrumpf und Hahn in das Foyer zu stolpern, wo lauter gut angezogene Leute sich auf ein Theaterstück gefreut haben. Also gut, ich bringe jetzt Marie zu ihren Eltern und komme dann zu dir.«

Vor dem Haus konnte Marie sich dann doch noch ein Lächeln abzwingen, gab Amadeus einen Kuss und stapfte durch den Schnee zur Haustür.

Amadeus war schon ein sehr spezieller Fall. Als Kind war er das Opfer einer Familientragödie: Die Eltern verschwanden spurlos, als er gerade zwölf war. Seine Großtante Lilly hatte sich seiner angenommen und ihn zu einem positiv denkenden Menschen erzogen. Blessuren aus seiner Kindheit hatte er nicht davongetragen. Amadeus, der Jura studiert hatte und nun ein erfolgreicher Anwalt und Geschäftsmann war, war *ihr Junge*. Woher er seinen Hang zur unfreiwilligen Komik hatte, konnte niemand sagen. Dass er zweimal innerhalb einer Viertelstunde nackt vom Dach mitten in eine Cafeteria fiel, bei einem Vorstellungsgespräch dem Seniorchef schwungvoll ein Tablett auf den Kopf lancierte, bei einer vornehmen Abendgesellschaft mit dem Stuhl umkippte und dabei den Tisch abräumte, waren nur ein paar Episoden, die in seinem Bekanntenkreis immer wieder gern erzählt wurden. Er selbst tat gar nichts dazu, es passierte ihm einfach. Abfinden würde er sich damit aber nie. Marie hatte zwar etwas Ruhe in sein Leben gebracht. Aber das änderte nichts an der sich immer fortsetzenden Serie verrückter Begebenheiten. Er war der größte Tollpatsch weit und breit. Dass er heute kostümiert zu einem Theaterabend ging, weil er sich im Datum irrte, war da gar nichts Besonderes. Das passte zu ihm.

Als Amadeus nach einer Fahrt auf rutschiger Straße eine halbe Stunde später vor dem Haus seiner Großtante in Lautenthal hielt, fiel ihm ein, dass er ja gar nicht daran gedacht hatte, sich umzuziehen. Er konnte doch nicht den hoch seriösen Saufklever-Zwillingen im Hahnenkostüm gegenübertreten. Scheiße, dachte er, jetzt kommt es auch nicht mehr darauf an.

Die Saufklever-Zwillinge gehörten zu den besten Geschäftspartnern der Firma, die Amadeus zusammen mit seinem Compagnon betrieb. Man beschäftigte sich mit dem Verkauf von Anteilen an Bergbauunternehmen in Kanada. Die Saufklevers hatten in den letzten Jahren eine Menge investiert. Und dies nicht zu ihrem Nachteil. Amadeus hatte sie erst zweimal gesehen. Er war nur für die Verträge zuständig. Die Verhandlungen mit den beiden hatte sein Partner Manfred

Wiebe in der Hand, der sie schon lange kannte. Sie wohnten in Italien und kamen vielleicht einmal pro Jahr in den Harz, weil es wohl verwandtschaftliche Beziehungen gab. Und nun hatte Lilly ihm gerade am Telefon erzählt, dass die beiden einst ihre Schüler gewesen waren. Und sie saßen jetzt in ihrem Wohnzimmer und waren aus allen Wolken gefallen, als sie erfuhren, dass Amadeus ihr Großneffe ist. Lilly Höschen, die mittlerweile fünfundachtzigjährige Oberstudienrätin a.D., lebte seit über siebzig Jahren in ihrem Haus am Berg, das ihr Onkel ihr vermacht hatte. Sie war ein Harzer Urgestein, konnte lieb und nett zu ihren Freunden sein, aber auch böswillig und dreist zu denen, die sie nicht leiden konnte.

Lilly betätigte den Türöffner und Amadeus ging die Treppe hinauf. Bevor Lilly einen Ton herausbringen konnte, sagte Amadeus schnell: »Tante Lilly, bitte hol mir den Jogginganzug, der hier noch irgendwo herumliegen müsste.«

»Amadeus, ich werde verrückt. Wie siehst du denn aus? Den Jogginganzug hat Marie neulich mitgenommen. Also bleib ruhig so. Ich habe in meinem Leben noch nichts Dämlicheres gesehen und möchte es gern von Herzen genießen. Und die Saufklevers werden auch ihre Freude haben. Gönne ihnen diesen Spaß.«

Nachdem sie diese Sätze im Eiltempo herausgebracht hatte, bekam Lilly einen Lachkrampf. Sie schüttelte sich geradezu vor Lachen. Amadeus wollte gerade umdrehen, um seinen gediegenen Geschäftspartnern diesen Anblick zu ersparen. Aber es war zu spät. Von Lillys haltlosem Gelächter angelockt, kamen sie auf den Flur und brüllten vor Vergnügen.

»Also gut, dann lacht erst mal ab«, brachte Amadeus heraus.

Sie gingen ins Wohnzimmer und Amadeus bat Lilly um eine Schere.

»Wozu eine Schere?«

»Ich kann nicht mehr auf diesem verdammten Schwanz

sitzen. Also sei bitte so lieb und hole eine Schere. Und dann schneide mir diesen albernen Schwanz ab.«

»Solch ein Angebot hat mir noch kein Mann gemacht«, gab Lilly zurück, und die Saufklever-Zwillinge brachen erneut in Gelächter aus.

Giovanni und Raphael Saufklever wurden 1956 in Italien geboren, hatten aber deutsche Eltern und waren daher überwiegend im Harz aufgewachsen. Als junge Männer waren sie für die Damenwelt die reinste Augenweide gewesen. Groß, blond, dunkler Teint, sportlich. Heute waren sie nur noch groß. Das Haar hatte sich verflüchtigt. Dafür hatten sie an Gewicht ordentlich zugelegt. Als Amadeus sie vor ein paar Jahren zum ersten Mal sah, musste er unwillkürlich an Schweinchen Dick in doppelter Ausführung denken. Und sie glichen wirklich wie ein Ei dem anderen. Ihr Geschmack war so ähnlich, dass sie, auch wenn sie getrennt einkaufen gingen, immer mit den gleichen Sachen zurückkamen. Selbst ihre Frauen sahen sich ähnlich. Diese hatten sie allerdings nicht auf die Reise mitgenommen. Auch beruflich hatten sie immer das Gleiche gemacht. In Mailand wohnten sie Haus an Haus. Lilly hatte die beiden schon als Schüler sehr gemocht. Sie waren offen, frech und nicht auf den Mund gefallen. Dass sie in der Schule den Spitznamen *Saufleber* verpasst bekamen, hatte die beiden nie gestört. Vor ein paar Jahren hatten sie wieder Kontakt zu ihrer alten Lehrerin aufgenommen. Es war das zweite Mal, dass sie sie besuchten.

Irgendwann hatte sich das Gejohle bezüglich Amadeus´ Outfit gelegt und die Saufklevers erzählten, warum sie im Harz waren. Sie wollten einer Verwandten ihre Anteile an einem Hotel überschreiben, an dem sie aus merkwürdigen Erbschaftsgründen beteiligt waren.

»Ich weiß eigentlich gar nichts über eure Familiengeschichte«, sagte Lilly.

»Oh, wenn Sie ein paar Stunden Zeit haben, erzählen wir sie Ihnen gern«, sagte Giovanni – oder Raphael.

»Ich bin unglaublich neugierig. Erzählt.«

Alle hatten etwas Gutes zu trinken und waren in bester Laune. Also lehnte sich Raphael – oder Giovanni? – zurück und begann mit der Familiengeschichte: »Einst gab es einen Bäcker in Lautenthal. Der hatte drei Töchter. Und es gab einen Bäcker in Clausthal-Zellerfeld. Der hatte drei Söhne.«

Lilly schmunzelte über den Märchenstil ihres früheren Schülers.

Clausthal-Zellerfeld 1935

»Was, um Himmels willen, soll ich denn in Lautenthal? «

»Arbeiten! Deine Zukunft gestalten. Dich nach einer geeigneten Frau umsehen.«

»In Lautenthal? Außerdem bin ich gerade erst neunzehn. Soll ich etwa schon heiraten? Hast du mir vielleicht auch schon eine Braut ausgesucht?«

»Die älteste Tochter vom Pfannenschmidt wäre nicht die schlechteste Wahl. Die soll mal die Bäckerei erben. Jungen hat der Kerl ja nicht zustande gekriegt. Also muss er sich einen Schwiegersohn vom Fach suchen.«

Am liebsten wäre Alfred jetzt ausgerastet. Bislang hatte er nicht einen Gedanken daran verschwendet, zu heiraten. Und nun kam sein Vater auf die Idee, ihn mit seinen neunzehn Jahren mit einem Mädchen zu verkuppeln, das er noch nicht mal kannte. Wer weiß, wie die überhaupt aussah. Bestimmt war das so eine Pummeltrine, die den Kuchen selbst aß, statt ihn zu verkaufen. Eine Landpomeranze, die keinen abkriegte. Deshalb musste der Vater ihr einen passenden Mann aussuchen. Aber nicht mit mir, dachte Alfred.

Natürlich war ihm bewusst, dass sich sein Vater Sorgen um die Zukunft seiner Kinder machte. Es gab drei Söhne und drei Töchter in der Familie Sauerbrey. Und er, Alfred, hatte als jüngster Sohn schlechte Karten, die väterliche Bäckerei einmal zu übernehmen. Dafür war sein ältester Bruder, Herbert, vorgesehen. Und selbst wenn der nicht wollte oder konnte, wäre immer noch Hannes vor ihm dran. Aber das war doch kein Grund, in ein kleines Kaff zu ziehen und mit der Tochter eines Bäckers anzubandeln.

»Du fängst am 1. Juli in Lautenthal an. Dabei bleibt es.

Kein Mensch zwingt dich, zu heiraten. Aber sollte es sich ergeben, umso besser.«

»Scheiße!«

»Gleich fängst du dir eine.«

»Ist ja gut. Aber warum ausgerechnet Lautenthal? Wenn es wenigstens Goslar wäre. Besser noch Braunschweig oder Hannover. Aber was ist denn in Lautenthal?«

»Das ist ein kleines Städtchen. Da kommst du wenigstens nicht auf dumme Gedanken. Außerdem bist du noch nicht volljährig. Irgendjemand muss auf dich aufpassen und dir sagen, wo es lang geht. Und dafür ist der Pfannenschmidt Heinzi genau der Richtige. Außerdem kann man vorher nicht wissen, wie es dann kommt. Vielleicht findest du es ja auch ganz großartig in Lautenthal. Das ist ein hübscher Ort.«

Alfred brauchte gar nicht weiter zu diskutieren. Wenn sein alter Herr sich etwas in den Kopf gesetzt hatte, dann ging gar nichts mehr. Genauso war es auch bei der Berufswahl gewesen. Obwohl dem Vater bewusst war, dass nur einer seinen Laden übernehmen konnte, sollte er unbedingt Bäcker lernen, ebenso wie seine Brüder. Als er mit vierzehn bei seinem Vater in die Lehre ging, gab es wenigstens noch das Nachtbackverbot. Aber das war inzwischen aufgeweicht worden, so dass man schon um vier Uhr morgens in der Backstube stehen musste, nur damit die Leute sich zum Frühstück die Brötchen in den Schlund schieben konnten. Aber bei den vielen Bäckereien blieb einem gar nichts anderes übrig, als da mitzumachen. Oft kamen die Leute schon ganz früh am Morgen in die Backstube, um Brötchen zu holen. Denn der Laden, den seine Mutter führte, durfte erst um sieben Uhr öffnen.

Und nun sollte er also weg aus Clausthal-Zellerfeld. Gut, das hatte er sowieso vor. Aber doch nicht nach Lautenthal. Clausthal-Zellerfeld hatte zumindest ein bisschen was zu bieten. Die Bergakademie mit ein paar Tausend Studenten brachte zumindest ein bisschen Flair in den Ort. Es gab viele

Geschäfte, ein paar ordentliche Kneipen. Und hier hatte er seine Freunde. Aber wen sollte er denn in solch einem kleinen Kaff kennenlernen? Wahrscheinich würde man ihn da blöd anglotzen, weil er fremd war. Ein kleines Bergbaustädtchen, von bewaldeten Bergen umgeben – da sagten sich Fuchs und Hase Gute Nacht.

Lautenthal 1935

Es war ein sonniger Samstagnachmittag, als Alfred mit dem Zug in Lautenthal ankam. Als er mit Koffer und Rucksack bepackt an der Badeanstalt vorbeiging, hätte er Lust gehabt, auch ins Wasser zu springen. Aber mit seinem Gepäck war das schlecht möglich. Also ging er weiter durch den Ort bis zur Hahnenkleer Straße. Da vorne, das musste die Bäckerei Pfannenschmidt sein. Auf den Treppenstufen saßen zwei junge Mädchen. Und eine, das war unverkennbar die Älteste, stand in der Tür. Je näher er kam, desto mehr glotzten sie ihn an. Jetzt fingen sie auch noch an zu lachen. Bestimmt rissen sie blöde Witze über ihn.

»Hallo, bin ich hier richtig bei Pfannenschmidt?«

Statt einer Antwort fingen die drei wieder an zu kichern. Und die Mittlere, ein unglaublich schönes Mädchen mit langem, dunklem Haar, zeigte auf das Namensschild neben dem kleinen Schaufenster: Bäckerei – Konditorei – Pfannenschmidt.

»Lacht ihr über mich?«

Noch mehr Gelächter. Schließlich erbarmte sich die Älteste, eine eher unscheinbare, dünne Person, zu antworten: »Du musst der Alfred sein. Ich bin Clarissa, zwanzig Jahre jung. Das ist Sophie, achtzehn Jahre jung. Und die Kleine heißt Hermine und ist sechzehn. Jetzt komm erst mal rein mit deinem Gepäck. Du bist ja ganz rot im Gesicht. Sind da Backsteine in deinem Koffer?«

Er betrat das Haus, gefolgt von den drei Grazien. In der großen Küche saßen Meister Pfannenschmidt und seine Frau am Tisch und tranken Kaffee. Die Arbeit war   offenbar getan, und jetzt erholten sich die beiden, die schon seit halb vier in der Nacht auf den Beinen waren. Heinzi Pfannenschnmidt stand auf und begrüßte seinen neuen Gesellen: »Schön, dass du heute schon kommst. Dann hast du noch zwei Ruhetage zum Eingewöhnen.«

Dann schüttelte er der Dame des Hauses die Hand. Frau Pfannenschmidt war eine Frau von Anfang vierzig, etwas dick, aber mit einem sympathischen Lächeln. Ihr Mann war gut und gern zehn Jahre älter als sie. Alfred musste sich dazusetzen und Kaffee trinken. Dazu gab es den nicht verkauften Kuchen, wie wohl in jeder Bäckerfamilie üblich. Natürlich rückten die drei neugierigen Mädchen ihm auch auf die Pelle. Jedes Wort, das er sagte, wurde begierig von ihnen aufgenommen. Endlich erbot sich Frau Pfannenschmidt, Alfred sein kleines Kämmerchen unterm Dach zu zeigen. Die drei Mädchen gingen währenddessen wieder nach draußen.

»Ist das nicht ein süßer Kerl?«, meinte Sophie zu ihren Schwestern. »So groß und schlank. Und das schöne, dunkle Haar.«

Hermine musste mit ihrer frechen Klappe noch einen draufsetzen und gab von sich: »Und der knackige Arsch!«

»Hermine, beherrsche dich. Wenn das jemand hört.«

Das war Clarissa, die Älteste, die im Gegensatz zu ihren Schwestern eher ernst und vernünftig wirkte. Es kam selten vor, dass sie sich von der ungezwungenen Lockerheit der beiden Jüngeren mitreißen ließ.

»Heute wird der Badeofen angemacht. Wenn Alfred in die Wanne geht, können wir ja durchs Schlüsselloch gucken«, flüsterte Sophie.

»Also, jetzt hört mal auf.« Clarissa wurde ernst.

»Hast du etwa keine Lust, dir mal einen hübschen, jungen Mann anzusehen?«

»Darum geht es nicht. Man muss wissen, was sich gehört und was sich nicht gehört. Wenn du verheiratet bist, dann kannst du dir deinen Mann ansehen.«

»Mein Gott, wenn man ab und zu mal ein Glas Milch trinken will, kauft man sich doch nicht gleich eine Kuh!«

Hermine und Sophie brachen in schallendes Gelächter aus,

während die große Schwester immer ärgerlicher wurde. Schließlich kam der Vater heraus und meinte: »Warum hat der Herr mich nur mit diesem albernen Haufen Weiber gestraft?«

Daraufhin mussten die beiden jüngsten Mädchen noch mehr lachen und Clarissa ging verärgert ins Haus.

* * *

Zuhause musste Alfred sich ein Zimmer mit seinen beiden Brüdern teilen. Das Kämmerchen bei den Pfannenschmidts war zwar klein, aber zum ersten Mal hatte er einen Platz ganz für sich allein. Aus dem Fenster konnte er über die Dächer Lautenthals auf die bewaldeten Berge schauen.

Beim Abendessen sagte Frau Pfannenschmidt: »Du kannst dann gleich als nächster in die Badewanne gehen.«

Alfred bekam einen roten Kopf. Sophie und Hermine grinsten, während Clarissa betont ernst schaute.

»Und wer soll ihm den Rücken waschen?«, fragte Hermine scheinheilig.

Ihr Vater versetzte dem Mädchen einen leichten Klaps auf den Hinterkopf, während Clarissa ihre Schwester maßregelte: »Dein Benehmen ist unmöglich. Merkst du nicht, wie peinlich Alfred dein Gerede ist?«

Als Alfred dann im Badezimmer war, schlichen sich Sophie und Hermine vor die Tür und schauten tatsächlich durchs Schlüsselloch. Sophie juchzte mit unterdrückter Lautstärke, während Hermine flüsterte: »Lass mich auch mal.«

Dann kam Clarissa und packte Sophie im Genick. Zankend verließen die drei den Flur. Als die beiden Jüngeren alleine waren, fragte Hermine: »Was hast du gesehen?«

Lächelnd gab Sophie zurück: »Alles.«

»Du blöde Kuh, und ich habe gar nichts gesehen. Warum musste Clarissa auch wieder angeschissen kommen? Die ist so doof. Die sollte lieber ins Kloster gehen. Sie hat ja sowieso kein Interesse an Männern.«

* * *

Die Arbeit in der Bäckerei Pfannenschmidt war genauso, wie
er es von zuhause kannte. Nur war hier alles eine Nummer
kleiner. Im Betrieb in Clausthal arbeiteten neben dem Meister drei Gesellen und seine jüngste Schwester als Hilfe. Und
hier nur zwei, nämlich er und Clarissa, die für den Kuchen
zuständig war. Die Mutter schmiss den Laden, wobei ihr die
beiden jüngeren Mädchen zur Hand gingen, die auch für die
Auslieferung zuständig waren. Sie fuhren früh am Morgen mit
ihren Fahrrädern herum, um Kurhäuser und Pensionen zu be-
liefern. Im Winter zogen sie mit Schlitten los, um den Leuten
die Brötchen zu bringen. Der Meister war mit seiner Arbeit
zufrieden. Alfred war fix und sorgfältig. Und es machte ihm
Spaß, nicht mehr im Umfeld seiner älteren Brüder zu arbeiten,
die ihm immer die blödesten Arbeiten überließen wie Kuchen-
bleche schrubben. Hier war er nach dem Meister die Nummer
Zwei, wenn man einmal davon absah, dass Clarissa, die hervor-
ragenden Kuchen machte, ihm gleichgestellt war.

Die erste Woche verlief gut, aber nachmittags,
wenn die Arbeit getan war, langweilte er sich. Er hatte keine Freunde hier. Dafür scharwenzelten die beiden
jüngeren Mädchen ständig um ihn herum. Er ging mit ihnen
spazieren. Die umliegenden Berge waren wunderschön. Oder
er ging mit ihnen durch den Ort und irgendwo setzte man sich,
um eine Brause zu trinken. Auffällig war, dass die beiden ständig versuchten, ihn anzufassen. Die eine hielt seine Hand, die
andere tatschte ihm aufs Bein. Sophie hatte es sogar gewagt,
ihm auf den Hintern zu hauen. Und sie machte ihm auch schöne Augen. Alfred blieb davon nicht unberührt. Die Botschaf-
ten kamen an. Er war ja weder blöd noch aus Stein. Manchmal
hatte er schon ein ziemlich eindeutiges Gefühl in der Bauch-
gegend oder anderswo. Besonders, wenn er mit Sophie allein
war, was allerdings selten vorkam. Entweder die Kleine hängte

sich an sie wie eine Klette oder Clarissa erschien plötzlich und gebärdete sich als Anstandsdame.

Im Grunde mochte er auch Clarissa. Allerdings war sie für ihre zwanzig Jahre unglaublich reif und ernst, erwachsen eben. In der Backstube kam er hervorragend mit ihr zurecht. Sie tauschten Tipps aus, und er musste ihr von zuhause erzählen. Aber sie hatte offenbar kein Interesse an ihm als Mann. Er wollte jedoch, dass er endlich mal einem Mädchen wirklich nahe kam. Er hatte keine Lust, als Jungfrau zu sterben. Die Annäherungsversuche von Sophie waren ihm daher mehr als Recht. Aber Clarissa würde das nie tun. Und er würde es nicht wagen, Clarissa in dieser Hinsicht zu behelligen. Wahrscheinlich würde sie ihm eine knallen oder mit ihrer scharfen Zunge abwehren. Wenn endlich etwas laufen sollte, dann musste er Sophie für sich allein haben, ohne eine der Schwestern.

Die Gelegenheit ergab sich, als Clarissa mit Hermine am Samstagnachmittag in die Badeanstalt ging. Sophie behauptete, keine Lust zum Schwimmen zu haben. Und Alfred meinte, er würde lieber in den Wald gehen. Die Eltern hatten etwas anderes vor. Also gingen Sophie und Alfred Richtung Hahnenklee. Es war heiß. Sophie sagte, dass sie eigentlich gar keine Lust habe, den ganzen Weg bergauf bis nach Hahnenklee zu latschen. Also bogen sie in den Wald ab und erreichten nach einem ziemlich langen Marsch schließlich den Grumbacher Teich. Das Wasser, in dem sich die Fichten spiegelten, glitzerte einladend. Kein Mensch war dort. Die Leute waren anscheinend alle in der Badeanstalt. Der Weg in dieses kleine Paradies war den meisten wohl zu weit bei der Hitze.

Alfred sagte: »Es ist zu blöd, dass wir keine Badesachen mitgenommen haben.«

Sophie sah ihn lächelnd an und erwiderte: »Wozu? Hier ist doch keiner. Wir ziehen uns einfach ganz aus und schwimmen.«

»Aber das geht doch nicht.«

»Doch, natürlich. Es sieht uns doch keiner.«

»Du siehst mich.«

»Na und? Dafür siehst du mich auch.«

Jetzt schmiegte sich Sophie an ihn und flüsterte:

»Na los. Willst du mich denn nicht sehen?«

Dann ging alles wie von selbst. Sie zogen sich aus und rannten ins Wasser. Völlig ausgelassen schwammen und plantschten sie im Teich. Alfred hatte sich noch nie so frei gefühlt. Er glaubte zu träumen. Er war zusammen mit einem unglaublich hübschen, nackten Mädchen im Wasser. Er selbst wäre viel zu unbeholfen gewesen, sie dazu zu animieren. Aber die Initiative ging von ihr aus. Sie wollte ihn haben. Und als sie nach einem ausgiebigen Bad aus dem Wasser herauskamen, wollte sie noch mehr. Er konnte gar nicht anders, als ihr alles zu geben, sich ihr hinzugeben. Er hatte von seinen älteren Brüdern mal gehört, dass man „aufpassen" müsse. Aber als diese Weisheit ihm in den Kopf kam, war es bereits zu spät. Sophie schien das gar nicht zu stören. Sie hatte ihr Ziel erreicht. Als Alfred sie fragte, ob sie denn gar keine Angst hätte, schwanger zu werden, meinte sie nur: »Na und? Ich bin doch alt genug. Zwei meiner früheren Klassenkameradinnen sind schon verheiratet und haben ein Kind.«

Sie gingen recht schweigsam nach Hause, schauten sich aber immer wieder an wie zwei Menschen, die ein einzigartiges Geheimnis miteinander teilen.

In den nächsten Tagen war Sophie wie verwandelt. Von morgens bis abends trug sei ein bezauberndes Lächeln vor sich her. Ihre Mutter sah sie ganz verdattert an und fragte schließlich: »Stimmt irgendwas nicht, Sophie?«

»Warum? Es geht mir gut.«

Auch ihre Schwestern nahmen die Veränderung wahr. Clarissa dachte sich ihren Teil. Aber Hermine bedrängte ihre Schwester schließlich, endlich zu sagen, was los war. Irgendwann musste Sophie ihr Glück einfach mit jemandem teilen, und sie erstattete der Kleinen kurz Bericht.

»Du blöde Schlampe! Ich war zuerst in Alfred verliebt. Und du nimmst ihn dir einfach.«

»Ach, Schwesterchen, du bist dafür noch viel zu jung.«

Als sich Hermine wieder beruhigt hatte, nötigte sie ihre Schwester, ihr alles haarklein zu erzählen. Wie es war, was genau sie getan hatten und so weiter. Andernfalls würde sie bei den Eltern petzen. Das hätte sie zwar nie getan. Aber insgeheim freute sich Sophie sogar, ihrer kleinen Schwester zu berichten.

Wer einmal an dem Honigtopf genascht hat, kann nicht mehr aufhören. So erging es Sophie. Und in noch stärkerem Maße ging es natürlich auch Alfred so. Wenn die beiden sich unbeobachtet fühlten, gab es schnell einen Austausch von Zärtlichkeiten. Mal küssten sie sich, während er über ihre Brüste streichelte. Mal fasste sie ihm ungeniert an die Hose. Aber sie wollten natürlich mehr. Nur, in einem Haus mit sechs Personen war das nicht so einfach. Eines Nachts, als Alfred längst schlief, öffnete sich ganz leise seine Zimmertür, und kurz danach kuschelte sich Sophie an ihn. Als Alfred merkte, was passierte, konnte er es kaum fassen.

Das wiederholte sich mehrmals. Eines Nachts, als Alfred tief und fest schlief, geschah es wieder. Aber vor lauter Müdigkeit bekam er nicht viel mit. Er tat das Übliche und wunderte sich, dass heute irgendetwas anders war. Mit schläfriger Stimme sagte er: »Nanu, was zierst du dich denn heute so. Du liegst steif rum wie ein Brett.«

Als er gegen halb vier aufstand, war er natürlich wieder allein im Bett. Irgendwie war ihm merkwürdig zumute. Er konnte sich keinen Reim darauf machen. Sophie war wie immer. Clarissa ging schweigsam ihrer Arbeit nach. Hermine machte sich um sechs Uhr an die Auslieferung. Alles war so wie an jedem Arbeitstag.

Nach der Arbeit legte sich Alfred entgegen seiner sonstigen Gewohnheit aufs Bett und schlief ein. Seine staubige Arbeitskleidung hatte er natürlich abgelegt. Er wurde wach, als

Hermine sich neben ihn legte. Völlig verblüfft stellte er fest, dass sie nackt war und rief viel zu laut:

»Hermine, um Gottes willen!«

In dem Moment öffnete sich die Tür und herein kam Heinzi Pfannenschmidt. Er sagte kein Wort, schaute Hermine mit einem apokalyptischen Blick ins Gesicht und wies mit seiner Hand zur Tür. Als sie eiligst das Zimmer verlassen hatte, sagte Alfred ganz verdattert: »Ich hatte keine Ahnung. Ich bin aufgewacht, und da lag auf einmal Hermine neben mir.«

Mit sehr ernster Stimme entgegnete der Meister: »Das hätte ich nicht von dir gedacht, dass du dich ausgerechnet an die Kleine ranmachst. Clarissa, das wäre in Ordnung gewesen. Meinetwegen auch Sophie. Aber Hermine. Nein! Du verlässt heute noch mein Haus!«

* * *

Wieder in der elterlichen Bäckerei gelandet, machten sich seine Brüder über ihn lustig. Es gab Sprüche über Sprüche. *Nasche nicht an des Bäckers jüngstem Töchterlein. War sie besser als Selbstbefriedigung? Hättest du es doch lieber mit einem Brot getrieben* und so weiter und so fort. In seiner Wut schmiss Alfred mehrfach irgendwelche Töpfe nach seinen Brüdern. Nach ein paar Monaten war das Thema erledigt. Aber Alfred ärgerte sich noch immer, dass diese kleine Mistbiene namens Hermine sich an ihn herangemacht hatte. Es hätte alles so schön sein können. Sophie wäre die Richtige gewesen. Und irgendwann hätten sie es auch den Pfannenschmidt-Eltern sagen können.

Alfreds Vater war besonders missmutig, dass sein Jüngster nun wieder zuhause war. Er hätte ihn ohrfeigen können. Warum hatte der Bengel sich nicht eine der älteren Töchter ausgesucht? Jetzt konnte er von vorn anfangen.

An einem Sonntagvormittag im Oktober stand dann Heinzi Pfannenschmidt vor der Tür. Eine der Töchter hatte geöffnet und ihn in die Küche gelassen, wo die Frau des Hauses gerade mit Kochen beschäftigt war. Alfreds Vater saß am Küchentisch und las die Zeitungen der vergangenen Woche. Als Pfannenschmidt eintrat, machte er ein Gesicht wie ein Mitglied der Inquisition. Nach einem kurzen Gespräch zwischen ihm und dem Ehepaar Sauerbrey wurde Alfred hereingerufen. Statt einer Begrüßung schoss es aus Herrn Pfannenschmidt heraus: »So, jetzt haben wir den Salat, du dummer Bengel! Du hast sie geschwängert. Und jetzt kommst du sofort mit und wirst dich deiner Verantwortung stellen!«

Alfreds Mutter schaute etwas ängstlich drein, und der Vater sagte beschwichtigend: »Das ist nun mal die Natur. Nun mach nicht so einen Wind, Heinzi. Es sind schon unzählige andere Jungfrauen geschwängert worden. Dann heiraten die beiden eben und alles hat seine Ordnung.«

»Das ist ja wohl das Mindeste, was ich verlangen kann«, entgegnete Pfannenschmidt. »Ich will doch kein uneheliches Kind in der Familie.«

Schließlich wurde die Stimmung etwas besser und Alfreds Vater holte die Schnapsflasche, um die Angelegenheit zu besiegeln. Dann musste Alfred seinen Koffer packen und seinen künftigen Schwiegervater zum Bahnhof begleiten. Eigentlich war er recht frohen Mutes. Jedenfalls, bis die beiden auf dem Bahnsteig standen und er Heinzi Pfannenschmidt fragte: »Und wie geht es Sophie? Sieht man schon was?«

Urplötzlich nahm das Gesicht von Bäckermeister Pfannenschmidt den Ausdruck eines gemeingefährlichen Mörders an. Er ging Alfred an den Kragen und brüllte:

»Was ist los? Hast du mit Sophie etwa auch…? Hermine ist schwanger.«

»Aber ich habe doch gar nicht mit Hermine… Es war Sophie, mit der ich es gemacht habe.«

Heinzi fing an, schwer zu atmen. Er war am Ende seiner Kräfte. Schließlich knallte er Alfred eine. Völlig ohne Vorwarnung. Die Leute schauten interessiert zu, was da vor sich ging.

»Ich werde verrückt! Hast du es tatsächlich mit beiden getrieben, du verkommener Kerl? Lass uns erst mal nach Hause kommen.«

Für Alfred wurde es die längste Zugfahrt seines Lebens. Die fünfzehn Kilometer zogen sich wie der Weg nach Kanossa. Und die beiden Männer sprachen während der Fahrt kein Wort. Auch nicht auf dem Weg vom Lautenthaler Bahnhof zur Bäckerei Pfannenschmidt. Zuhause angekommen, brüllte Heinzi schließlich: »Alles in die Küche!«

Innerhalb von Sekunden befanden sich seine Frau und die drei Töchter am großen Esstisch. Alfred hatte das Pech, neben seinem Schwiegervater in spe zu sitzen. Alle starrten abwechselnd den Vater und Alfred an. Dann legte Heinzi los. Er sah Sophie, die ihm gegenüber saß, scharf an und fragte: »Hast du es mit diesem Kerl hier getrieben?« Während er dies sagte, packte er Alfred ins Genick und schüttelte ihn hin und her.

Die Tochter antwortete ganz leise: »Ja.«

»Ich kann dich nicht verstehen. Wie war deine Antwort?«

»Ja, ich liebe ihn und wir haben es getan.«

»Ach, du liebst ihn? Und weil er dich liebt und weil er Hermine auch noch liebt, hat er es gleich noch mit deiner Schwester getan.«

Nun sah er Alfred an und fragte: »Gibt es hier vielleicht noch andere, mit denen du es getrieben hast?«

Frau Pfannenschmidt protestierte jetzt: »Also, Heinzi! Jetzt ist mal Schluss!«

»Es ist noch lange nicht Schluss. Ich will jetzt erst mal von Hermine wissen, wie sie schwanger sein kann, wenn Alfred behauptet, er hätte es gar nicht mit ihr getrieben.«

Alle Augen richteten sich nun auf die jüngste Tochter, die leicht verschämt antwortete: »Er wusste ja gar nicht, dass er es mit mir gemacht hat. Ich habe mich nachts in sein Bett geschlichen und er hat geglaubt, es sei Sophie.«

Nun stand Heinzi der Mund offen als hätte er die Maulsperre. Dann brüllte er: »Sei bloß froh, dass du schwanger bist, sonst würdest du jetzt die Tracht Prügel deines Lebens beziehen. Du schleichst dich nachts in das Bett dieses Kerls und stiehlst ihm seinen Samen? Was habe ich da bloß für eine Brut großgezogen? Wohne ich hier eigentlich im Puff?«

»Aber ich liebe ihn doch«, gab Hermine heulend von sich.

Heinzi atmete erst mal kräftig durch und sagte dann:

»Gut, er muss dich ja nun heiraten. Dann kannst du ihn lieben bis zum Umfallen.«

Ein kleines Lächeln huschte über Hermines Gesicht. Dann meldete sich Sophie zu Wort: »Du kleine Schlampe! *Ich* liebe Alfred. Und wir haben es mehr als einmal getan. Schon lange, bevor du dich in sein Bett geschlichen hast, du Samenräuberin! Du wirst ihn ganz bestimmt nicht heiraten. Ich hatte ihn zuerst. Und außerdem bin ich auch schwanger.«

Jetzt war die Bombe geplatzt.

Clarissa konnte es nicht mehr aushalten. Sie stand auf und schrie: »Ihr seid nicht meine Schwestern! Ihr seid Huren! Schiebt euren Arsch diesem Bengel entgegen wie rollige Katzen. Ich halte es hier keinen Tag länger aus.«

Dann verschwand sie aus der Küche.

Heinzi versuchte, die Situation zu erfassen. Unter Zuhilfenahme seiner Finger, die er immer wieder mühselig abzählte, sagte er nun ganz ruhig: »Also, Alfred treibt es mit Sophie. Und die wird schwanger. Hermine treibt es mit Alfred. Und der ist so dämlich, dass er gar nicht merkt, wie sie schwängert. Genau auf so einen Schwiegersohn habe ich gewartet. Wahrscheinlich kriege ich total verblödete Enkelkinder. Dann gehen wir doch morgen zum Pastor und sagen, dass Alfred meine beiden Töchter heiraten will. Die Kinder brauchen schließlich einen Vater. Mutter näht euch schöne Hochzeitskleider. Und dann spaziert Alfred, an jeder Seite eine meiner Töchter, in die Kirche.«

Als er begriffen hatte, was er da von sich gab, folgte der Schock. Heinzi schlug mit aller Kraft mit beiden Händen auf den Tisch und schrie: »Ihr seid das Allerletzte! Wollt ihr mich fertigmachen? Mich ruinieren?«

Im nächsten Moment fing Alfred sich unversehens eine Ohrfeige ein. Dann merkte Heinzi, dass ihm die Hände schmerzten. Er hatte den Tisch zu stark malträtiert. Wahrscheinlich würde er ein paar Tage nicht arbeiten können. Aber dafür war ja jetzt Alfred da.

Es trat für einen Moment Stille ein. Jeder war sich der unglaublichen Situation bewusst. Dann ergriff Frau Pfannenschmidt das Wort: »Diese Schande überleben wir nicht. Zwei Töchter, die sich von demselben Mann schwängern lassen. Es gibt nur eine Lösung. Alfred heiratet Sophie. Und Sophie kriegt Zwillinge.«

Alle starrten die Frau des Hauses an.

Lautenthal 2014

»Mein Gott, das ist ja ein starker Tobak«, sagte Lilly und zündete sich einen Zigarillo an.

Amadeus hatte sein Hahnenkostüm mittlerweile weitgehend geöffnet, weil ihm so warm war, und fragte: »Und wer hat nun wen geheiratet? Und was ist aus den Kindern geworden?«

Giovanni – oder Raphael – antwortete nun ganz sachlich, aber schmunzelnd: »Alfred hat Sophie geheiratet. Dazu musste er sich vom Gericht erst mal für volljährig erklären lassen. Hermines Schwangerschaft sollte niemand bemerken. Deshalb musste sie bis zur Niederkunft im Haus bleiben. Sie durfte in der Bäckerei helfen, aber weder im Laden noch in der Auslieferung. Es brachen harte Zeiten an für die Familie. Clarissa verließ das Haus einen Tag nach der Aussprache und kam nie wieder zurück. Sie war zutiefst geschockt und enttäuscht von ihren Schwestern. Sie fand in Goslar eine Anstellung in einem Hotel. Die anderen mussten nun umso mehr heranklotzen. Alfred hatte nicht nur Brot und Brötchen zu backen, sondern auch weitestgehend Clarissa zu ersetzen, die ja für den Kuchen zuständig gewesen war. Sein Tagespensum war enorm. Und insgeheim war Heinzi froh, so einen fleißigen Schwiegersohn zu haben, obwohl er es ihm nicht sagte. Denn jedes Mal, wenn er seine beiden schwangeren Töchter ansah, hätte er erneut platzen können. Eine schwangere Tochter wäre so schön gewesen. Oder zwei schwangere Töchter und zwei Schwiegersöhne. Aber diese Situation war einfach unerträglich.«

Lautenthal 1936

Im März musste Alfred zur Musterung. Er wurde für tauglich befunden und sollte ab Mai eingezogen werden. Der Militärdienst sollte bald auf zwei Jahre heraufgesetzt werden. Das war ein harter Schlag für die Bäckersfamilie, die ohnehin kaum die Arbeit bewältigen konnte. Cla-rissa war weg, und die beiden anderen Mädchen würden für einige Zeit ausfallen, denn im April sollten die Kinder zur Welt kommen. Nur einer war gar nicht so besonders unglücklich: Alfred. Ihm ging dieses Übermaß an Arbeit, das Gezanke und Geplärre seiner Frau Sophie mit Hermine langsam auf die Nerven. Dazu die oft schlechte Laune seines Schwiegervaters. Alfred war froh, endlich mal ganz rauszukommen. Er hatte zwar mit dem Militär nicht viel am Hut. Und Politik interessierte ihn auch nicht, schon gar nicht dieses ganze Nazizeug. So hatte er endlich mal die Möglichkeit, etwas ganz anderes zu sehen. Und schließlich war ja auch kein Krieg. Er würde einfach seine Zeit beim Militär abreißen und dann weitersehen. Vielleicht würde er danach auf seine Meisterprüfung hinarbeiten, die er ja sowieso irgendwann einmal brauchen würde, spätestens, wenn sein Schwiegervater in Rente ging oder, was wahrscheinlicher war, nach einem seiner Wutanfälle tot umfiel.

* * *

Es war ein ganz normaler Samstag. Es herrschte Hektik wie immer. Jeder wollte bis Ladenschluss um zwölf Uhr sein Brot haben. Alfred und Heinzi hatten schon um zwei Uhr in der Nacht angefangen zu arbeiten, um das Pensum zu schaffen. Backverbot hin oder her, die Arbeit war nicht mehr anders zu schaffen. Die beiden Schwangeren waren so kugelrund, dass sie nur noch gelegentlich aushelfen konnten. Als dann nachmittags alles sauber geputzt und geschrubbt war, heizte Alfreds Schwiegermutter den Badeofen an. Zwei Stunden später versammelte sich die Familie, vor Reinlichkeit glänzend, am Küchentisch, um den übriggebliebenen Kuchen zu essen und das Wochenende einzuläuten. Da verzog Sophie das Gesicht und jaulte erst *au* und dann *iehhh*.

Die Mutter nahm sich ihrer an und meinte: »Es geht los. Die Fruchtblase ist geplatzt.«

»Auch das noch«, meinte Heinzi entnervt.

Alfred wurde geschickt, um der Hebamme Bescheid zu sagen, und die Mutter verfrachtete Sophie ins Ehebett, wo die Geburt vonstatten gehen sollte. Als die Hebamme kam, schaute sie nur kurz nach Sophie, dann trank sie erst mal Kaffee und aß in aller Ruhe den restlichen Kuchen.

Nach ein paar Stunden jammerte Hermine herum. Die Hebamme untersuchte sie und meinte trocken: »Na, dann machen wir gleich alles in einem Abwasch.«

Sie legte Hermine neben ihre Schwester in das elterliche Bett. Nachts gegen zwei Uhr gebar Sophie ein Mädchen, das sechs Pfund wog. Zwei Stunden später brachte Hermine einen Jungen zur Welt, der fast sieben Pfund wog. Kinder und Mütter waren wohlauf. Nur die Hebamme schüttelte mit dem Kopf. Sie hatte das Geld, das Heinzi ihr gegeben hatte, gern angenommen. Dafür musste sie bescheinigen, dass Sophie die Mutter beider Kinder war. Aber jetzt war sie unsicher geworden: »Wer soll denn das glauben, dass die zarte Sophie diese beiden Brocken in sich hatte? Das sind ja zusammen über dreizehn Pfund.« Alle glaubten es.

Sophies Mädchen bekam den Namen Karin und Hermines Sohn hieß Christian. Die stolzen Großeltern waren völlig aus dem Häuschen. Und jeder, der die Kinder sah, schwor Stein auf Bein, dass beide sich sehr ähnlich sahen. Eine Woche später fand die Taufe in der Paul-Gerhardt-Kirche statt. Hermine wurde Patin für beide Kinder. Alfreds Brüder wurden für je ein

Kind Pate. Sie hatten versucht, Clarissa zu bewegen, ebenfalls Patin zu werden, damit sie sich der Familie wieder annäherte. Aber es war hoffnungslos. Sie wollte mit diesem Sündenpfuhl nichts mehr zu tun haben. Als ihre Mutter sie in Goslar besuchte, war sie kühl und abweisend.

Alfred war stolz wie Bolle, zwei so wunderschöne Kinder gezeugt zu haben. Viel Zeit hatte er nicht mehr für sie, denn kurz darauf musste er zum Militär. Er kam zur Grundausbildung zu einem Fliegerhorst nach Ostfriesland. Er fühlte sich geschmeichelt, zu den Fliegern gehen zu dürfen. Aber möglicherweise brauchte man dort einfach nur einen Bäcker.

In den Wochen nach Alfreds Einberufung normalisierte sich das Leben im Haus Pfannenschmidt allmählich. Der Meister nahm sich einen Gesellen, und Hermine arbeitete wieder im Laden. Wenn sie gefragt wurde, warum sie so lange von der Bildfläche verschwunden war, antwortete sie einfach, dass sie Clarissa in der Backstube ersetzen musste, die ja fortgezogen sei. Für das Ausfahren der Ware holte sich Frau Pfannenschmidt zwei rüstige Rentner, die sich etwas dazuverdienen wollten. Sophie kümmerte sich um die beiden Kleinen. Hermine hatte an den Kindern kein besonderes Interesse. Sie hatte zwar Christian eine Zeitlang gestillt. Aber dieses Geplärre, Windeln wechseln, die schlaflosen Nächte, all das war nichts für sie. Sie war froh, dass die Verantwortung bei Sophie lag und kam nie auf die Idee, zu sagen, das sei ja ihr Sohn. Sie war wieder frei. Sophie wollte Alfred ja unbedingt heiraten. Nun sollte sie zusehen, wie sie zurechtkam.

Lautenthal 1936 - 1955

Alfred sollte Ende August zum ersten Mal einen kurzen Heimaturlaub bekommen. Sophie freute sich auf ihn und konnte es gar nicht abwarten. Aber statt ihren Mann in die Arme nehmen zu können, erhielt sie einen Brief. Nicht von Alfred, sondern von seiner Dienststelle. Es hatte einen Unfall gegeben. Alfred war tot.

Die Nachricht hatte Sophie wie ein Hammerschlag getroffen. Sie konnte es nicht fassen. Endlich hatte sie ihr Glück gefunden. Und ehe es richtig begonnen hatte, war alles schon wieder vorbei. Wie gern hätte sie Alfreds Gesicht gesehen, wenn sie beide Kinder auf dem Arm hatte. Sie hatten sich in dieser kurzen Zeit, seit Alfred beim Militär war, so prächtig entwickelt. Jetzt würde er sie nicht mehr sehen. Und die Kinder mussten ohne Vater aufwachsen.

Trotz aller Trauer ging das Leben natürlich weiter. Die beiden Kinder entwickelten sich recht unterschiedlich. Karin war ein Sonnenschein. Ebenso schön wie ihre Mutter, nur mit den feingliedrigen Gesichtszügen ihres Vaters. Ihr freundliches Wesen, ihr ausgelassenes Lachen und die Fähigkeit, auch Kleinigkeiten als beglückend zu empfinden, waren ansteckend. Das krasse Gegenteil war Christian. Er war bereits als kleines Kind ein Choleriker. Wenn ihm irgendetwas missfiel, zog er ein Gesicht wie die Strafe Gottes. Er entwickelte einen unumstößlichen Gerechtigkeitssinn, wobei er die Rolle des strafenden Engels einnahm. Wenn zwei Kinder sich in die Wolle kriegten, war er es, der sie auseinander brachte und ihnen befahl, Ruhe zu geben oder einen Ausgleich zu schaffen. Wer sich nicht daran hielt, bekam es mit seinen Fäusten zu tun. Und er hatte Kraft! Alle Kinder hatten größten Respekt vor ihm. Und nicht nur Kinder. Als er fünf Jahre alt war und an zwei tratschenden Frauen vorbeiging, schaute er sie missfällig an und sagte in ernstem Ton: »Kümmert euch doch lieber um euren eigenen Dreck, ihr blöden Latschtanten!«

Mit sechs vermöbelte er den Lehrling, den sein Großvater eingestellt hatte, mit dem Brotschieber. Dieser hatte sich einmal mehr über ihn lustig gemacht als ihm guttat. Als er zur Schule kam, dachten alle, dass ihm da schon die Flötentöne beigebracht würden. Aber weit gefehlt. Da ging es erst richtig los. Die ständigen Ungerechtigkeiten der Lehrer, die mit dem Gebrauch des Stocks nicht gerade sparsam umgingen, das Anschreien von Kindern, auch die Kämpfe der Schüler untereinander, all das störte ihn gewaltig in seiner Empfindungswelt. Sein Blick war gefürchtet. Es gab Lehrer, die Angst vor ihm hatten. Nie wäre einer von ihnen auf die Idee gekommen, Hand an Christian anzulegen. Dazu gab es objektiv auch keinen Grund. Er war höflich, machte seine Aufgaben und hatte gute Zensuren. Nur freundlich war er nicht. Er sah immer aus, als würde er gleich jemanden erschlagen. Seiner vermeintlichen Zwillingsschwester machte das nichts aus. Sie kannte ihn ja vom ersten Tag an und hatte die Entwicklung mitbekommen. Sie liebte ihn. Und im umgekehrten Verhältnis hätte es niemals jemand gewagt, seiner Schwester auch nur ein schlechtes Wort zu sagen. Christian war ihr Beschützer.

Als der Krieg an Heftigkeit zunahm, mussten die jüngeren Lehrer das Vaterland verteidigen, sodass längst pensionierte Kollegen erneut in den Schuldienst geholt wurden. Einer dieser älteren Herren fand Gefallen daran, bestimmte Schüler zu schlagen, bis sie fast krankenhausreif waren. Eines Morgens holte sich dieser Kerl einen Schüler nach vorn. Niemand wusste, warum. Vielleicht hatte er nicht laut genug gegrüßt oder den Arm nicht korrekt ausgestreckt. Jedenfalls legte er den Delinquenten über das Pult und schlug zu. Immer wieder. Es nahm gar kein Ende. Einige der Schüler fingen an zu weinen. So etwas hatte noch niemand hier erlebt. Schließlich erhob sich Christian, ging nach vorn und riss dem Lehrer den Stock aus der Hand.

»Du mieses, altes Schwein! Wenn du noch einmal zuschlägst, hole ich eine Axt und schlag dich tot.«

Die Verblüffung des Lehrers hätte nicht größer sein können, wenn ein Marsmensch das Klassenzimmer betreten hätte. Er starrte Christian an, der mit einem Ruck den Stock über seinem Bein zerbrach und ihn auf den Boden warf. Die Angst war dem Lehrer ins Gesicht geschrieben. Den Gesichtsausdruck dieses achtjährigen Jungen würde er nie vergessen. Er nahm seine Aktentasche und verließ den Raum. Er hat die Schule nie wieder betreten. Irgendwann kam der Rektor in den Klassenraum und sah den geschundenen Jungen. Er bekam es mit der Angst und bat Christian, ihn nach Hause zu bringen.

Am Abend kamen dann die Eltern des Jungen zu Christians Mutter Sophie. Sie wollten sich bei Christian bedanken, dass er ihrem Sohn geholfen hatte. Stolz lächelnd meinte Sophie: »Ja, so ist unser Christian nun mal. Die Starken müssen den Schwächeren helfen. Das ist sein Motto.«

Anschließend statteten die Eltern dem Rektor noch einen Besuch ab und putzen ihn herunter, was er denn für perverse Lehrer beschäftigen würde. Natürlich erzählten sie, was aus Sicht ihres Sohnes passiert war. Und am nächsten Morgen wurde Christian zum Rektor bestellt, der sich alles noch einmal von ihm erzählen ließ. Normalerweise war es unter keinen Umständen zu dulden, wie Christian mit einem Lehrer gesprochen hatte. Aber dieser Fall lag etwas anders. Und vor allem war Christian ihm unheimlich. Würde er diesen Jungen bestrafen – wer weiß, was daraus wieder für Komplikationen erwachsen könnten. Also redete er entgegen seinem sonstigen pädagogischen Konzept ganz beruhigend auf ihn ein: »Ist gut, mein Junge. Normalerweise dürfen Kinder nicht so mit Lehrern reden, wie du es getan hast. Aber in diesem Fall war es wohl in Ordnung.«

Der Rektor war froh, als Christian sein Zimmer wieder

verlassen hatte. Irgendwie schauderte ihn. Dieser Junge hat nichts Kindliches, dachte er. Mit seinem unumstößlichen Gerechtigkeitssinn thronte er über allen anderen. Wie mochte dieser Bengel wohl sein, wenn er erwachsen war?

* * *

Die beiden Kinder wuchsen in der denkbar schlechtesten Zeit auf. Die Nazijahre hatten viele Werte auf den Kopf gestellt. Der Krieg brachte schlaflose Nächte mit Bombenalarm mit sich. Und die Hungerjahre der Nachkriegszeit trugen zur Unterernährung, zur Anfälligkeit für Krankheiten und zu der täglichen Sorge um das Essen bei. Aber die Familie Pfannenschmidt kämpfte sich da durch, so wie die meisten anderen auch.

Hermine heiratete 1950 einen Gastwirt und zog nach Bad Grund. Sie wurde Mutter einer Tochter. Ihrem Sohn Christian hat sie nie die Wahrheit gesagt, ebenso wenig wie ihrem Mann. Sie blieb die liebe Tante Hermine für Christian, selbst dann noch, als Christian die Wahrheit aus anderer Quelle gehört hatte. Sophie hatte mit den Jahren völlig verdrängt, dass Christian eigentlich gar nicht ihr Sohn war. Sie liebte ihn, so wie sie ihre Tochter liebte. 1953 heiratete sie einen Bäcker, der aus der russischen Gefangenschaft zurückkehrte. Nun war auch endlich die Nachfolge im Hause Pfannenschmidt gesichert. Sie bekam noch einen Sohn.

Clarissa heiratete 1946 einen Witwer, der einen zehnjährigen Sohn mit in die Ehe brachte: Thomas. Eigene Kinder bekam sie nicht. Aber sie liebte Thomas. Ihr Mann Hans, der zehn Jahre älter war als sie, wurde fast schon eifersüchtig angesichts des herzlichen Verhältnisses zwischen Sohn und Stiefmutter. Hans Bähr war Hotelier. Sein Hotel war alter Familienbesitz in der Goslarer Innenstadt. Es war nach dem geschichtsträchtigen, alten Hotel Zum Achtermann das zweite Haus am Platze. Es hatte den Krieg gut überstanden, aber nun waren natürlich Modernisierungsarbeiten notwendig. In den fünfziger Jahren setzte das ein, was man das Wirtschaftswunder nennt. Das schlug sich auch auf den Erfolg des Hotels nieder, sodass man die unaufschiebbar gewordene Generalrenovierung schultern konnte. Und es hatte sich gelohnt. Gegen Mitte der fünfziger Jahre hatten die Leute wieder Lust zu verreisen und Geld, sich etwas zu gönnen. Das Hotel lief gut. Das Problem war der Gesundheitszustand von Hans Bähr. Er hatte in Krieg und Gefangenschaft beträchtliche gesundheitliche Schäden erlitten. Eines Tages meinte er zu Clarissa, dass er mit seinen Kräften allmählich am Ende sei.

Clarissa leitete das Hotel weitgehend allein. Hans kam pro Tag vielleicht noch für zwei Stunden ins Büro oder an die Rezeption. Inzwischen war auch der achtzehnjährige Thomas mit im Geschäft. Aber die Arbeit war nicht zu bewältigen. Außerdem war es schwierig, gute Servicekräfte zu bekommen. Selbst die Reinigungskräfte mussten geschult werden, um den Ansprüchen eines solchen Hauses gerecht zu werden. Hans traf daher die Entscheidung, noch eine weitere Kraft einzustellen, die in der Lage war, sich um den gesamten Service und um das Reinigungspersonal zu kümmern.

* * *

Jemanden zu finden, der die hohen Anforderungen erfüllen konnte, erwies sich allerdings als schwierig. Aufgrund einer Annonce bewarb sich nicht ein einziger Mensch, der eine Hotelfachschule besucht oder die gewünschten Qualifikationen in einem anderen Hotel erworben hatte. Da kreuzte eines Tages eine junge Frau an der Rezeption auf. Hans versah dort gerade den Dienst, weil Clarissa für zwei Wochen ins Krankenhaus musste. Und Sohn Thomas kümmerte sich um den Einkauf. Hans war mit seinen Kräften ziemlich am Ende. Die Abwesenheit seiner Frau riss eine große Lücke in die Leitung des Hotels. Wenn es doch nur schon geklappt hätte, eine fähige Kraft zu finden.

Die junge Frau stellte sich freundlich lächelnd vor: »Guten Tag, ich bin Karin Sauerbrey. Ich komme geradewegs von der Hotelfachschule aus Lausanne und suche eine Arbeitsstelle. In einem Fachblatt habe ich Ihre Annonce gesehen.«

Hans schaute etwas ungläubig. Als er der jungen Dame ins Gesicht sah, ihre himmelblauen Augen wahrnahm und ihr natürliches Lächeln, wurde er ganz kribbelig. Konnte es denn wahr sein, dass dieses wunderschöne Wesen eine Ausbildung an der ältesten und renommiertesten Hotelfachschule der Welt absolviert hatte und bei ihm arbeiten wollte? Ausgerechnet jetzt, wo er händeringend nach einer Entlastung suchte? Etwas ungläubig reichte er der jungen Frau die Hand und stellte sich vor. Da kam auch gerade Thomas in den Empfang und dachte: meine Güte, was ist das denn für ein fantastisches Mädchen. Thomas musste den Platz an der Rezeption übernehmen, während Hans mit Karin im dahinterliegenden Büro verschwand.

Karin hatte alle Unterlagen dabei. Ihr sehr gutes Abschlusszeugnis der Mittelschule, ihren Abschluss der dreijährigen Hotelfachschule, Zertifikate über Französisch- und Englisch-Seminare. Dann bat Hans sie, zu erzählen, was sie besonders gern tun würde, wie sie sich ihre Zukunft vorstellte und so weiter.

Die sprachgewandte Karin legte los: »Als ich mit der Schule fertig war, war es mein größter Wunsch, ins Hotelfach einzusteigen. Also bewarb ich mich bei der besten Hotelfachschule, die es gibt. Und siehe da, es hat funktioniert. Ich war jetzt drei Jahre in der Schweiz und habe alles gelernt, was auf dieser Schule möglich ist. Darüber hinaus habe ich diverse Praktika gemacht. Ich weiß, wie man ein Zimmer so putzt, dass der Gast meint, er sei der Erste, der dieses Zimmer benutzt. Ich weiß, wie wichtig Freundlichkeit und ein hervorragender Service sind. Man darf einen Gast nie bitten lassen, sondern muss ihm die Wünsche schon vom Gesicht ablesen. Und wichtig ist, dass das gesamte Personal, egal ob Zimmermädchen, Rezeptionist, Direktor oder die Frau, die in der Küche Kartoffeln schält, immer daran denkt, dass unsere gesamte Arbeit dem Gast gewidmet ist.«

Hans lächelte angesichts des Vortrages dieses jungen Mädchens. Sie nahm ihren Beruf sehr ernst, versprühte dabei aber eine Leichtigkeit und einen Charme, dass es eine Freude war, ihr zuzuhören. Fast fühlte er sich selbst als Schüler. Auf jeden Fall war ihm bewusst, dass er mit diesem Mädchen einen guten Fang machen würde. Seine Frau würde begeistert sein.

»Wann können Sie anfangen?«

»Wenn es sein muss, sofort. Allerdings würde ich gern noch für einen Tag nach Lautenthal, um meine Mutter zu begrüßen. Ich war nämlich lange nicht zu Haus.«

»Ach, Sie kommen aus Lautenthal. Ja, dann würde ich sagen, fahren Sie nach Hause und kommen Sie übermorgen zum Dienstantritt hierher. Ich zeige Ihnen noch Ihr Zimmer. Sie müssten natürlich hier wohnen. Denn an einen normalen Arbeitstag ist hier nicht zu denken. Ich biete Ihnen zweihundert Mark im Monat und freie Kost und Logis. Einen Tag pro Woche haben Sie frei. Wenn Sie   damit einverstanden sind, dann probieren wir es einfach mal miteinander. Mein Sohn kann gleich noch eine Führung durch das Hotel mit Ihnen machen.«

Nach einem Moment des Schweigens fragte Hans: »Sagen Sie, Sauerbrey ist Ihr Name? Aus Lautenthal? Also, meine Frau stammt auch aus Lautenthal.«

»Ich weiß. Sie ist meine Tante. Aber ich habe sie nie kennengelernt, da es wohl zwischen meiner Mutter und ihr nicht so gut läuft. Aber das muss ja nichts mit mir zu tun haben.«

»Na, jetzt bin ich platt. Wie auch immer, es bleibt bei unserer Abmachung. Über das Verhältnis meiner Frau zu ihrer Familie weiß ich nur, dass es da kaum Kontakte gibt. Aber vielleicht lässt sich das ja ändern, jetzt wo du da bist. Ich darf doch du sagen?«

»Natürlich.«

Dann gingen sie wieder an die Rezeption und Hans sagte zu seinem Sohn: »Thomas, ich möchte dir deine Cousine vorstellen. Das ist Karin Sauerbrey. Bitte sei so nett und zeige ihr das Hotel. Karin wird bei uns arbeiten.«

Der junge Mann schaute etwas verdutzt. Als er dann wahrnahm, dass sie wirklich so zauberhaft war, wie er vorhin festgestellt hatte, reichte er ihr die Hand zur Begrüßung und bat sie, ihm zu folgen. Er zeigte ihr alles, ein paar leerstehende Zimmer, den Speisesaal, die Bar, die Küche und den Vorratsraum bis hin zum Weinkeller. Und er erzählte auch gleich, was von ihr erwartet wurde.

»Also, du bist auf jeden Fall verantwortlich, dass sich alle Zimmer in bestem Zustand befinden. Es gibt manchmal Zimmermädchen, die es nicht so genau nehmen. Das heißt, du musst im Grunde alles kontrollieren. Du musst außerdem morgens einen Blick auf das Frühstück haben, dass alle Tische bestens gedeckt sind, dass alles, was serviert wird, in Ordnung ist, dass die Bedienung ordentlich gekleidet ist und so weiter. Du bist sozusagen die Hausdame. Wenn Not am Mann an der Rezeption ist, musst du da aushelfen. Und noch so einiges mehr. Wir sind kein sehr großes Haus. Da muss man einfach vielseitig sein und sich für alles verantwortlich fühlen.«

Thomas war ein Jahr älter als Karin, die sich köstlich amüsierte, wie gewissenhaft er war. Man hätte ihn fast schon als altklug bezeichnen können. Wenn er lächelte, kam aber das Jungenhafte zum Vorschein. Und er konnte wunderbar lächeln. Karin bemerkte auch, dass er groß, schlank und blond war. Er war eine angenehme Erscheinung. Und das nicht nur, weil er gut gekleidet und sehr gepflegt aussah. Thomas erzählte ihr, dass Clarissa seine Stiefmutter sei. Seine eigene Mutter war im Krieg gestorben. Also sei Karin ja eigentlich gar nicht seine richtige Cousine.

* * *

Bei seinem Besuch im Krankenhaus erzählte Hans seiner Frau, dass er eine ganz hervorragende Mitarbeiterin gefunden habe:

»Sie hat ein angenehmes Äußeres, hervorragende Manieren, ein Wesen, das unsere Gäste lieben werden. Und sie hat die Hotelfachschule in Lausanne mit Glanz und Gloria abgeschlossen. Dazu spricht sie mehrere Sprachen. Und wenn ich sie richtig einschätze, kann sie auch zupacken und scheut sich vor keiner Arbeit. Ein Volltreffer also.«

»Na, da bin ich aber gespannt. Das klingt ja zu schön, um wahr zu sein. Wie heißt sie denn?«, wollte Clarissa wissen.

»Karin Sauerbrey. Sie ist mit dir verwandt. Sie ist die Tochter deiner Schwester.«

»Bist du wahnsinnig? Wie kommst du dazu, ohne mein Einverständnis meine Verwandtschaft ins Haus zu holen? Ich will mit dieser Sippschaft nichts zu tun haben.«

»Entschuldige, du kennst sie doch gar nicht. Ich weiß nicht, was du mit deiner Familie hast. Aber dieses Mädchen ist eine Perle. Wir brauchen dringend Entlastung. Und als Eigentümer des Hotels darf ich ja wohl noch jemanden einstellen, der mir zusagt. Vor allem, wenn du nicht da bist. Wenn ich sie nicht eingestellt hätte, dann hätte es die Konkurrenz getan.«

»Mich interessiert nicht, wie gut das Mädchen ist. Ich weiß, was ihre Mutter ist: eine Schlampe.«

* * *

Trotz Clarissas Bedenken bestand Hans darauf, dass Karin ihren Dienst antrat. Und bereits nach zwei Tagen hatte sie alles im Griff. Das Personal, zunächst skeptisch ob Karins Jugend, nahm die vielen kleinen Hinweise, die sie als Vorschläge verpackte, an. Die Zimmer waren in einem besseren Zustand als je zuvor. Sie führte ein, dass auf dem Kissen ein Betthupferl lag, was damals in kaum einem Hotel der Fall war. Auch die neuesten Reinigungs- und Hygienetipps, die man in einer modernen Hotelfachschule lernt, wurden angewandt. Das Frühstück wurde zu einem Buffet arrangiert, an dem jeder sich selbst bedienen konnte. Das sparte Personal, und die Gäste waren überrascht aufgrund der Vielfalt des Angebots. Vor allem musste niemand mehr warten, bis er an der Reihe war. Die Hektik, die sonst beim Frühstück herrschte, war mit einem Schlag weg, die Gäste fühlten sich viel entspannter. An der Rezeption empfing Karin die Gäste mit einem unschlagbaren Lächeln. Die internationalen Gäste waren besonders beglückt, da sie sich nicht mehr radebrechend verständlich machen mussten. Hans sah das alles mit großer Erleichterung. Und Thomas war beeindruckt. Nicht nur von ihren Leistungen, sondern auch von Karin als Frau. Er konnte seine Gedanken gar nicht mehr von ihr lassen – und seinen Blick. Es fiel ihm schwer, aber er musste sich eingestehen, dass er sich in sie verliebt hatte. Dann kam Clarissa aus dem Krankenhaus.

* * *

Clarissa war noch etwas schwach auf den Beinen. Aber am dritten Tag machte sie einen Rundgang durchs Haus. Dann ging sie ins Büro und bestellte Karin zu sich, die gerade mit Hans in der Küche beschäftigt war, um mit dem Koch die Speisekarte zu besprechen. Thomas war an der Rezeption und lächelte Karin zu, als sie in das dahinter befindliche Büro ging.

Clarissa saß hinter ihrem Schreibtisch und schaute über ihre Lesebrille auf, als Karin herein kam.

»Bei uns ist es üblich, anzuklopfen, bevor man einen Raum betritt.«

»Oh, Entschuldigung. Guten Tag, Tante Clarissa.«

Karin ging auf ihre Tante zu und reichte ihr die Hand, die diese zögerlich ergriff. Dann sagte sie in bestimmendem Ton: »Wir arbeiten hier in einem Hotelbetrieb. Da sind Vertraulichkeiten gegenüber der Chefin nicht angebracht. Weder Personal noch Gäste müssen wissen, ob es irgendwelche verwandtschaftlichen Verhältnisse gibt. Ich möchte daher, dass du mich mit Frau Bähr anredest.«

»Ist in Ordnung, Frau Bähr.«

»Wie ich höre, hast du in den paar Tagen schon einige Neuerungen eingeführt. Zum Beispiel im Frühstücksraum.«

»Ja, ich hoffe, das ist zu Ihrer Zufriedenheit. Die Gäste sind jedenfalls ganz begeistert.«

»Nun, meine Begeisterung hält sich bisher noch in Grenzen. Wir werden sehen. Auf jeden Fall möchte ich, dass du jede weitere Neuerung vorher mit mir absprichst, sonst kenne ich mich irgendwann in meinem eigenen Hotel nicht mehr aus.«

»Selbstverständlich, Frau Bähr.«

»Das wär´s. Du kannst gehen.«

Das war die erste Begegnung zwischen Karin und ihrer Tante.

* * *

Als Karin an ihrem freien Tag zu Hause in Lautenthal war, bat sie ihre Mutter, ihr etwas über Clarissa zu erzählen:

»Mich würde interessieren, warum sie so griesgrämig ist. Sie hat ständig schlechte Laune. Den Gästen gegenüber spielt sie nur, dass sie willkommen sind. Das Personal behandelt sie von oben herab. Irgendwie kommt sie nicht mit ihrem Leben zurecht.«

»Ach Gott, Mädchen«, sagte Sophie seufzend, »sie war schon als Kind immer unzufrieden und hat jeden angemeckert, der ein bisschen Spaß hatte oder besser aussah als sie. Ich habe versucht, das Verhältnis zu kitten, als du und Christian geboren wurdet. Ich wollte sie als Patin. Aber sie hat uns abblitzen lassen. Selbst ihre Eltern hat sie verstoßen und nur noch das Nötigste mit ihnen geredet, wenn sie sich erniedrigt haben, sie zu besuchen. Sie hat niemanden von der Familie zur Hochzeit eingeladen. Offenbar sind wir ihr nicht fein genug. Dazu kommt noch, dass ich den Mann geheiratet habe, den sie wohl auch ganz gern gehabt hätte.«

»Aber das ist doch alles so lange her.«

»Sie hat offenbar den Kopf eines Elefanten. Die können

auch nichts vergessen, sagt man. Ich würde dir raten, such dir etwas anderes. Die Welt steht dir offen. Du hast eine erstklassige Ausbildung, bist redegewandt, kannst mehrere Sprachen, bist bildhübsch. Du brauchst keine Brötchen zu verkaufen. Und vor allem hast du es nicht nötig, dich von einer alten Giftspritze fertig machen zu lassen. Wenn sie kiebig wird, sag ihr doch einfach, sie kann dir mal im Mondschein begegnen.«

»Na, ich hoffe, das wird nicht nötig sein. Mir gefällt die Arbeit nämlich sehr gut. Und Onkel Hans und Thomas sind ganz prima.«

* * *

Im Laufe der Zeit besserte sich das Verhältnis zwischen Clarissa und ihrer Nichte Karin. Die Chefin sah einfach, was das Mädchen leistete. Insgeheim beneidete sie Karin sogar um ihre Führungsqualitäten. Ihre ungezwungene, natürliche Freundlichkeit gab den Mitarbeitern das Gefühl, etwas wert zu sein. Das führte dazu, dass jeder auf das Äußerste bemüht war, ihren hohen Ansprüchen zu genügen. Und sie scheute sich auch nicht, selbst Hand anzulegen, den Leuten vorzumachen, wie man auch die letzte Ecke in einem Bad blitzblank kriegte. Wenn Not am Mann war, bediente sie im Restaurant. Und an der Rezeption war sie mit Abstand die beliebteste Kraft, noch vor Thomas, der bei den Gästen auch gut ankam. Aber das alles hielt Clarissa nicht davon ab, immer wieder mal die Chefin hervorzukehren. Ab und zu musste sie einfach eine blöde Bemerkung loswerden. Manchmal grüßte sie nicht oder sie schickte Karin los, irgendwelche Besorgungen zu machen, die auch der Küchenlehrling hätte erledigen können. Und letztendlich ärgerte sich Clarissa darüber, wenn ihre Nichte sich nicht ärgerte, sondern alles zur Zufriedenheit ausführte. Ein weiterer Dorn im Auge war ihr, dass ihr Mann und ihr Stiefsohn sich so hervorragend mit Karin verstanden. Karin hat gesagt, Karin hat gemacht, Karin hier und Karin da.

Allmählich entstand zwischen Karin und Thomas eine immer engere Beziehung. Thomas war ja schon von Anfang an ziemlich verschossen in sie. Und das steigerte sich mehr und mehr. Thomas war Karin auch nicht gerade unsympathisch. Zunächst war es nur das Aussehen. Er war groß, schlank und blond. Das mochte sie, ebenso wie seine braunen Augen und die Art, wie er sprach. In einem Buch hatte sie mal etwas über erotische Ausstrahlung gelesen. Das traf genau zu. Thomas hatte auf sie eine erotische Ausstrahlung. Es gab andere junge Männer, die sie in der Schweiz kennengelernt hatte. Die waren entweder plump oder versuchten auf die seichte Tour, auf sie zu wirken. Aber keiner hatte je eine solche Ausstrahlung auf sie gehabt wie Thomas, dessen war sie sich nach einiger Zeit bewusst. Als sie dann jeden Tag mit ihm zusammen war, merkte sie, dass er auch Humor hatte. Er konnte seine Stiefmutter imitieren, dass Karin vor Lachen die Tränen kamen. Er war einfach toll. Am liebsten hätte sie ihn an sich gezogen und ihn mal richtig umarmt. Aber das ging natürlich nicht. Und Thomas war in dieser Hinsicht auch schüchtern ihr gegenüber. Sie war für ihn etwas Unerreichbares. Er hatte schlichtweg nicht den Mut, ihr näher zu kommen. Eine so zauberhafte Frau konnte einfach nicht für ihn bestimmt sein. Er traute sich nicht.

Diese Situation hielt ungefähr ein halbes Jahr an. Im Februar kam Clarissa auf die Idee, mit ihrem Mann zur Kur zu fahren, sodass Thomas und Karin eine Zeitlang allein zurechtkommen mussten. Hans war gesundheitlich stark angeschlagen und brauchte Behandlung und Erholung. Aber allein wollte sie ihren Mann auch nicht fahren lassen. Sie machte sich Sorgen um ihn.

Im Hotel war zu dieser Zeit wenig Betrieb. Also instruierte sie die Beiden, was sie alles zu beachten hätten während ihrer Abwesenheit, obwohl das natürlich gar nicht nötig gewesen wäre. Thomas nahm sie extra noch einmal zur Seite, um ihm zu sagen, dass er auf Karin aufzupassen habe und dass er auf gar keinen Fall auf die Idee kommen solle, ihr näher zu treten, als es der Hotelbetrieb erfordere. Er solle Abstand halten. Zuerst verstand Thomas gar nicht, worum es ging. Aber dann dämmerte ihm, dass seine Stiefmutter wohl mitbekommen haben musste, dass er das Mädchen anbetete. Rutsch mir doch den Buckel runter, dachte er, als sie endlich weg war.

Zwei Tage nach der Abreise, Thomas und Karin waren beide an der Rezeption beschäftigt, kam Christian zur Tür herein, Karins vermeintlicher Zwillingsbruder. Er hatte das Abitur gemacht und studierte nun in Göttingen Forstwirtschaft. Karin begrüßte ihn mit einer Umarmung. Dann stellte sie Thomas vor: »Das ist unser Cousin Thomas. Das ist mein Zwillingsbruder Christian.«

Sie reichten sich die Hand, und Christian sah Thomas mit seinen tiefgründigen Augen direkt ins Gesicht. Man hätte meinen können, er schaute ihm in die Seele. Sein immer etwas jähzornig wirkender Blick hatte sich im Laufe der Zeit noch verstärkt, sodass Thomas im ersten Moment dachte, dass der Kerl ihn bestimmt gleich verprügeln würde. Er hatte ein ungutes Gefühl und konnte sich kaum vorstellen, dass dieser Typ Karins Bruder sein sollte. So, wie er aussah und gebaut war, ziemlich kompakt, fast dick, wäre kein Mensch auf die Idee gekommen, dass die beiden überhaupt miteinander verwandt sein könnten. Christian musterte Thomas von oben bis unten und dachte bei sich: Wenn du meiner Schwester etwas antust, bringe ich dich um. Thomas musste das gespürt haben. Selten war er gegenüber einem Menschen so verunsichert. Er verzog sich dann auch schnell ins Restaurant mit der Begründung, dass er dort gebraucht würde.

»Na, Schwesterchen, wie geht es dir denn hier? Ist alles in Ordnung?«

»Natürlich. Die Arbeit macht Spaß. Thomas ist nett. Und unsere Tante Clarissa hat sich mittlerweile auch an mich gewöhnt.«

»Na, ich will es hoffen. Wenn es Ärger gibt, dann sag mir

Bescheid.«

Da kam gerade ein Gast, um seinen Schlüssel bei Karin abzugeben. Er grüßte freundlich *Buon dìa, Signorina*. Karin erwiderte seinen Gruß auf Italienisch und wünschte ihm einen schönen Tag.

»Italiener?«, fragte Christian.

»Nein, der Herr wohnt nur in Italien, ist aber Deutscher. Ein sehr netter Gast. Jeden Tag begrüßt er mich in einer anderen Sprache, um zu hören, ob ich richtig antworte. Das ist ein kleines Spielchen zwischen uns.«

»Na, der macht jedenfalls einen netten Eindruck.«

»Ach, Christian, du brauchst nicht jeden Menschen, der mit mir zu tun hat, zu begutachten. Ich komme schon zurecht.« Christian hatte einen uralten Käfer, dessen Unterhalt er sich mit diversen Jobs finanzierte. Von Goslar aus fuhr er weiter nach Lautenthal, um seine Mutter, deren Mann und seinen kleinen Bruder zu besuchen.

* * *

Am Abend war nicht viel los im Restaurant. Karin und Thomas machten früh Feierabend. Um neun Uhr kam der Nachtportier. Karin ging auf ihr Zimmer, um noch etwas zu lesen. Sie würde früh schlafen gehen. Am nächsten Morgen musste sie um sechs Uhr schon wieder im Frühstücksraum sein. Sie legte sich aufs Bett und schnappte sich ihr Buch. Da klopfte es an der Tür. Sie zog sich schnell einen Morgenmantel über und öffnete. Da stand ein verschmitzt lächelnder Thomas mit einer Flasche Wein: »Ich dachte mir, wir könnten heute mal ein Glas zusammen trinken.«

Karin war völlig verdutzt. Er hatte sich also überwunden und den ersten Schritt getan. Wie er so dastand, etwas unsicher, mit feuchtem Haar – offenbar hatte er geduscht und sich Freizeitkleidung angezogen, das war für Karin ziemlich prickelnd. Um ihre Nervosität zu überspielen, antwortete sie gekünstelt: »Oh, mein Herr, Sie und ich allein in einem Zimmer? Ich habe schon mein Nachtgewand angelegt. Ich kann Sie nur hereinlassen, wenn Sie mir versprechen, mir nicht meine Unschuld zu rauben.«

Thomas fing an zu lachen, trat in das Zimmer und nahm Karin in den Arm. Es wurde eine unvergessliche Nacht, in der die beiden kaum zwei Stunden geschlafen hatten. Um sechs Uhr war Karin bereits wieder im Frühstücksraum und Thomas an der Rezeption. Beide waren zwar hundemüde, aber glücklich. Dieser Zustand hielt noch eine Weile an. Ebenso die nächtlichen Besuche. Und jeden Abend begrüßte Karin ihren Liebhaber mit der Floskel, dass sie ihn nur hereinlassen könne, wenn er ihr versprach, ihr nicht ihre Unschuld zu rauben.

Als der nette Herr aus Italien abreiste, schaute er Karin ganz unverhohlen an und sagte: »Sie sehen glücklich aus. Könnte es sein, dass Sie verliebt sind?«

»Oh, sieht man das?«

»Allerdings. Aber ich wollte Sie jetzt nicht in Verlegenheit bringen. Es ist nur so schön, mit anzusehen, wenn junge Menschen verliebt sind. Ich wünsche Ihnen jedenfalls alles Gute. Bis zum nächsten Mal.«

* * *

Mit einem Anruf von Clarissa nahm die wunderbare Zeit der unbeschwerten Verliebtheit zunächst ein jähes Ende. Sie war mit ihrem Mann Hans zur Kur gefahren, weil er unbedingt Erholung brauchte. Aber die war ihm nicht vergönnt. Er hatte in Baden-Baden einen Schlaganfall bekommen und war daran gestorben. Thomas konnte es nicht fassen. Er fiel in ein tiefes Loch aus Trauer und Verzweiflung. Wie gern hätte er mit seinem Vater gesprochen, um ihm von seiner Liebe zu Karin zu erzählen. Ganz bestimmt hätte er diese Beziehung für gut befunden, hätte sich gefreut für das Glück seines Sohnes. Denn er mochte Karin. Ganz im Gegensatz zur Stiefmutter, die Probleme mit ihr hatte, so wie mit jedem Menschen.

Ein paar Tage später fand die Beerdigung in Goslar statt. Karin hatte währenddessen das Hotel zu hüten. Gern wäre sie mitgegangen. Aber in Clarissas Augen gehörte sie nicht zur Familie. Und Thomas durfte sie auch in der Öffentlichkeit nicht zu nah sein. Ihr Verhältnis musste noch geheim bleiben. Das jedenfalls hatte Thomas ihr zu verstehen gegeben. Später, wenn Clarissa den Tod ihres Mannes einigermaßen überwunden haben würde, dann könnte er mit ihr reden. Karin wollte ihn nicht bedrängen und stimmte zu, es so zu machen.

In den folgenden Wochen kam Thomas zwar fast jede Nacht zu ihr. Aber ihre einst so unbelastete Beziehung war ernster geworden, so wie Thomas auch. Er konnte den Tod seines Vaters nicht so schnell verwinden. Karin war der Meinung, er brauche Zeit. Also redeten sie viel. Und es war wirklich so. Je mehr Zeit verging, desto mehr nahm ihre Leidenschaft wieder an Fahrt auf. Thomas wurde zunehmend unbeschwerter. Clarissa nahm mit Argusaugen wahr, dass sich zwischen den beiden etwas abspielte, was sie auf gar keinen Fall tolerieren konnte. Eines Tages bestellte sie ihre Nichte ins Büro. Clarissa war seit dem Tod ihres Mannes noch trübsinniger und biestiger geworden. In ihrem schwarzen Kostüm sah sie aus wie eine Bestatterin.

»Setz dich hin. Ich habe mit dir zu reden.«

»Ja, bitte.«

»Du bist hier eine Angestellte. Eventuelle verwandtschaftliche Beziehungen zählen in diesem Hause nicht. Das habe ich dir von Anfang an gesagt. Des Weiteren ist es dem Personal untersagt, Beziehungen untereinander oder zu den Inhabern dieses Hotels zu knüpfen. Wenn du also mit Thomas irgendetwas im Schilde führen solltest, musst du gehen. Ich wünsche keine Beziehung zwischen euch, die über das Berufliche hinausgeht. Sollte Thomas auf die Idee kommen, dein Zimmer betreten zu wollen, wirst du es ihm verwehren. Haben wir uns verstanden?«

»Das haben wir, Frau Bähr. War es das? Ich hätte noch eine Menge zu tun.«

»Ja, das war´s. Du kannst gehen.«

Karin ließ sich ihre Wut nicht anmerken. Diese Behandlung bis in die Intimsphäre hinein war mehr, als sie ertragen konnte. Als Thomas nach Mitternacht in ihr Zimmer kam, erzählte sie ihm, was seine Stiefmutter ihr gesagt hatte.

»Unter diesen Umständen habe ich keine Lust zu einer Beziehung mit dir. Entweder du setzt dich durch oder ich gehe. Ich lasse mich nicht ständig als Fußabtreter benutzen.«

»Gib ihr doch einfach etwas Zeit. Sie wird sich schon eines Besseren besinnen«, versuchte Thomas zu beschwichtigen. Dann sah er sie mit seinen unwiderstehlichen Hundeaugen an und streichelte ihr zärtlich das Gesicht. Es dauerte nur ein paar Sekunden, bis sie dahinschmolz, und ungefähr drei Monate, bis sie merkte, dass sie schwanger war.

* * *

Gestern Abend hatte sie es ihm gesagt: »Ich muss dir etwas Wichtiges erzählen.«

Gespannt schaute er sie an. Er lag auf ihrem Bett, und sie setzte sich auf die Kante.

»Ich bin schwanger. Du wirst Vater.«

Thomas hatte Mühe, sich aufzurappeln. Das war wie ein Schlag in die Magenkuhle. Schließlich stand er vor ihr und lamentierte: »Aber wie ist das möglich? Wir haben doch was genommen oder zumindest aufgepasst. Ich bin doch noch viel zu jung für Kinder und Ehe. Ich weiß gar nicht, wie ich das meiner Stiefmutter beibringen soll.«

Karin war wie vor den Kopf geschlagen und brachte ganz leise heraus: »Wie das möglich ist? Wenn man das tut, was wir die ganze Zeit getan haben, dann wird man irgendwann schwanger. Oder denkst du, ab und zu mal ein Kondom zu nehmen und ansonsten aufzupassen, das verhindert das Kinderkriegen?«

»Ja, aber ich weiß jetzt beim besten Willen nicht, was nun werden soll.«

»Gut, wenn dir eingefallen ist, was werden soll, kannst du ja wiederkommen. Ich denke, du solltest jetzt auf dein eigenes Zimmer gehen und nachdenken. Oder geh zu deiner Stiefmutter und heul dich aus. Sag einfach, dass du verführt wurdest, du Unschuldslamm.«

»Aber so habe ich das doch gar nicht gemeint. Ich kann mich nur nicht so schnell an den Gedanken gewöhnen. Ich hätte nie gedacht, dass uns das passieren kann.«

»Es ist aber passiert. Und in weniger als einem halben Jahr wirst du Vater, ob es dir passt oder nicht.«

Karin war zutiefst enttäuscht, dass er so reagiert hatte. Sie hätte ihm am liebsten eine geknallt. Gut, dass er endlich abzog, um sich eine schlaflose Nacht in seinem eigenen Zimmer zu machen. Für sein Unglück hatte sie nun wirklich keinen Sinn. Wäre er der Mann, für den sie ihn gehalten hatte, dann hätte er vor Glück gestrahlt. Der Hinweis auf seine Stiefmutter und ihre nicht nachvollziehbare Seelenlage machte sie nur wütend.

Als sie ihm am nächsten Morgen im Frühstücksraum begegnete, gab sie sich reserviert. Nachdem sie nach dem Abräumen der Tische ein paar Minuten allein waren und er wieder anfing, ob es denn auch wirklich sicher sei, sah Karin ihn erzürnt an und sagte: »Ich gebe dir genau einen Tag Zeit, um mir zu sagen, was deine Pläne sind. Stehst du zu deinem Kind und handelst entsprechend oder nicht?«

»Aber das geht doch nicht alles so schnell. Erst muss ich doch mal mit meiner…«

Sie ließ ihn einfach stehen, drehte sich noch einmal um und wiederholte ihre Forderung: »Einen Tag. Bis morgen früh will ich wissen, woran ich bin. Bis dahin kannst du ja mit deiner Stiefmutter geredet haben. Wobei mir schleierhaft ist, was diese Dame da überhaupt zu sagen soll. Es ist dein Kind. Dein Leben. Du musst die Entscheidungen treffen.«

An der Rezeption traf sie den freundlichen Herrn aus Italien, der ab und zu nach Goslar kam. Er war charmant wie immer und begrüßte sie diesmal auf Französisch.

»Sie sehen aber heute nicht glücklich aus, wenn ich das sagen darf, Fräulein Karin.«

»Oh, man kann ja auch nicht immer vor Glück strahlen. Manchmal hat man einfach keinen Grund dafür.«

»Na, in Ihrem Alter hat man schon mal Liebeskummer. Aber der vergeht auch wieder. Sie werden sehen.«

Karin rang sich ein kleines Lächeln ab, weil sie spürte, dass der Mann keine Floskeln von sich gab, sondern wirklich mitfühlte.

* * *

Am nächsten Morgen brach dann das Donnerwetter über sie herein. Nach dem Frühstück hatte Thomas seiner Stiefmutter erzählt, was los war. Und sie hatte ihm eine Standpauke gehalten von Verantwortungslosigkeit, Dummheit und ethischen Defiziten, da er so kurz nach dem Tod seines Vaters nichts Besseres zu tun hatte als sich mit Flittchen herumzutreiben.

»Karin ist kein Flittchen! Wir lieben uns.«

»Hör doch auf. Sie ist genauso ein Flittchen wie ihre Mutter. Hast du mal darüber nachgedacht, ob du überhaupt der Vater bist? Wahrscheinlich hat sie es auch noch mit anderen getrieben wie eine heiße Hündin. Und du sollst jetzt herhalten, weil wir wohlhabend sind. Aber nicht mit mir. Ich habe sie gewarnt. Wir sind hier kein Hurenhaus.«

Thomas war nicht in der Lage, Clarissa Paroli zu bieten. Mit einem derartigen Verhalten seiner Stiefmutter hatte er nicht gerechnet. Nie zuvor hatte sie sich derart im Ton vergriffen. Schließlich fing er auch noch an zu heulen. Aber von Clarissa kam nur Verachtung. Dann warf sie ihn aus ihrem Büro und befahl Karin zu sich. Kaum hatte diese die Tür hinter sich zugemacht, sprang Clarissa auf und ging auf sie los wie eine Furie: »Du verdammte, kleine Nutte! Hab ich es mir doch gedacht, wo das enden würde. Mit wie vielen Kerlen hast du es denn getrieben? Und jetzt willst du Thomas, dieses unreife, dumme Kind, dafür verantwortlich machen. Scher dich dahin, wo du hergekommen bist! Geh zu deiner Mutter. Die kennt sich ja aus mit Hurenkindern.«

Karin strömte das Blut aus dem Kopf. Mit allem hätte sie gerechnet, aber nicht mit derart vulgären Vorhaltungen. Sie konnte nicht anders, und *zack!* – schlug sie ihrer Tante ins Gesicht, drehte sich um und ging auf ihr Zimmer. Clarissa stand da wie versteinert. Karin packte ihren Koffer und machte sich auf den Weg zum Ausgang. Als sie Thomas traf, schaute dieser ganz erschüttert und flehte: »Geh nicht. Es wird sich schon alles regeln. Bitte, bleib!«

Sie beachtete ihn nicht. In der Empfangshalle hatte gerade der nette Herr aus Italien ausgecheckt und sah Karin erstaunt an, die Koffer schleppend das Hotel verließ. Vor der Tür rief er ihr zu: »Hallo, kleines Fräulein, kann ich Ihnen helfen?«

* * *

Eine Woche später betrat Christian, Karins vermeintlicher Zwillingsbruder, die Hotelhalle. An der Rezeption gab Clarissa ihrem Stiefsohn gerade Anweisungen. Als Thomas Karins Bruder sah, der ihm schon vor einiger Zeit nicht geheuer vorgekommen war, zitterte er. Der Kerl führte nichts Gutes im Schilde. Clarissa, die ihn nicht kannte, fragte: »Guten Tag, was kann ich für Sie tun?«

»Wenn Sie Frau Bähr sind, dann können Sie gar nichts für mich tun. Außer vielleicht zur Hölle zu fahren. Sie sind das mieseste Drecksstück, das mir je begegnet ist.«

Und an Thomas gewandt: »Und du solltest froh sein, wenn ich dir nicht die Ohren abschneide, die Beine breche und deinen Schwanz den Hunden zum Fraß vorwerfe. Du Waschlappen! Hängst am Schürzenzipfel deiner Mutter, statt dich deiner Verantwortung zu stellen. Aber dafür müsstest du ja ein Mann sein.«

Dann griff er über die Theke und zog Thomas kopfüber auf

die andere Seite.

Clarissa schrie auf, hatte ihre Panik aber gleich wieder im Griff: »Verschwinden Sie! Ich rufe die Polizei. Wer sind Sie eigentlich, dass Sie so mit uns reden? Etwa einer der vielen Liebhaber dieser kleinen Schlampe?«

»Noch einmal bezeichnen Sie meine Schwester als Schlampe, und ich vergesse mich.«

Jetzt tickte es bei Clarissa, und sie wusste, wer dieser bärenhafte junge Mann war.

»Ach, du bist also ihr angeblicher Zwillingsbruder. Lass dir mal von deiner Tante Hermine erzählen, wer du wirklich bist.« Dann verfiel sie in ein hysterisches Lachen.

Thomas war inzwischen wieder hinter dem Tresen und schaute zu Christian und Clarissa. Was ging da ab zwischen den beiden? Worüber redeten sie? Er war zwar schockiert über Christians Handgreiflichkeit, aber noch mehr über das Verhalten seiner Stiefmutter.

* * *

Als er bei seiner Mutter in Lautenthal war und wissen wollte, was Clarissa mit ihrer gehässigen Bemerkung gemeint haben könnte, erzählte sie ihm die ganze Geschichte. Unter Tränen bat sie ihn, ihr die Lüge zu verzeihen und versicherte ihm, dass sie ihn immer geliebt hätte und dass sich daran nie etwas ändern würde. Er nahm Sophie, die Frau, die ihm immer eine wunderbare Mutter gewesen war, in den Arm, streichelte ihr übers Haar und sagte sanft: »Ich verurteile dich nicht. Auch Hermine nicht. Ihr wart alle immer gut zu mir. Und natürlich bleibt Karin meine Schwester.«

Eine Woche zuvor hatte sich Karin dem freundlichen Gast aus Italien anvertraut. Sie hatten, nachdem sie das Hotel verlassen hatte, zusammmen in einem Café gesessen, während sie ihm alles erzählte. Daraufhin hatte er ihr angeboten, mit ihm nach Italien zu kommen, um als seine Privatsekretärin zu arbeiten. Sie war glücklich über dieses Angebot. Zu Hause bei Mutter und Stiefvater wäre sie zwar auch willkommen gewesen. Sie wollte sich aber nicht wieder abhängig machen und als Gescheiterte nach Hause kommen. Sie musste mit ihrem Leben allein fertig werden. Also fuhr sie mit dem Taxi nach Lautenthal, um ihrer Mutter alles zu berichten. Von der Behandlung durch Clarissa, von Thomas´ unmöglichem Verhalten, von dem netten Herrn aus Italien. Und obwohl Sophie ihre Tochter gern bei sich behalten hätte, respektierte sie die Entscheidung, auf eigenen Beinen zu stehen. Sie rang ihr das Versprechen ab, sich zu melden und nach Hause zu kommen, wenn in Italien nicht alles so lief, wie sie es sich vorstellte. Als der Herr aus Italien sie am nächsten Tag mit dem Taxi von ihrem Elternhaus in Lautenthal abholte, war Sophie beruhigt. Dieser Herr führte wirklich nichts Böses im Schilde. Selten hatte sie so viel Vertrauen einem Fremden gegenüber. Als das Taxi sich von der Bäckerei entfernte, rollten Sophie Tränen über die Wangen. Aber sie wusste, dass ihre Tochter es schaffen würde.

Goslar 1969

Clarissa war zu einer verhärmten Frau geworden. Die letzten dreizehn Jahre waren schwierig gewesen. Nach dem Tod ihres Mannes und dem Vorfall zwischen Thomas und Karin war das Verhältnis zu ihrem Stiefsohn nie wieder so geworden wie früher. Obwohl sie nie mehr darüber geredet hatten, trug Thomas ihr nach, wie sie Karin einst behandelt hatte. Thomas leitete das Hotel, und Clarissa hatte auch bereitwillig die Fäden aus der Hand gegeben, weil sie hoffte, dass er an den Herausforderungen wachsen würde. Aber es blieb kühl zwischen den beiden. Und ein besonders erfolgreicher Hoteldirektor wurde er auch nicht. Unter seiner Leitung hielt man sich über Wasser, mehr nicht.

Vor ein paar Jahren hatte Thomas schließlich geheiratet. Was er an Elisabeth, von allen Elli genannt, fand, war Clarissa allerdings ein Rätsel. In ihren Augen war sie schlichtweg ein ordinäres Frauenzimmer, ungebildet und mit einer fürchterlichen Klappe ausgestattet, ein Schmandrachen, wie man im Oberharz, wo sie her stammte, sagte. Wenn sie den Mund aufmachte und ganz normal redete, hörte sich das für Außenstehende schon an wie eine Beleidigung. Auch äußerlich machte sie nicht viel her. Und den einen oder anderen Gast schnauzte sie auch schon mal an: *Wenn es Sie hier net passt, denn gehn se doch wo annerschta hin, ich reiß ma doch net n Marsch auf für dise albern Leut.*

Die gemeinsame, dreijährige Tochter war eine wandelnde Katastrophe. Wenn sie ihren Willen nicht bekam, warf sie sich auf den Boden und schrie. Und Elli ließ sie auch schreien, egal, ob Hotelgäste sich mokierten oder Passanten auf der Straße mit dem Kopf schüttelten. Das gediegene Ambiente eines Hotels der oberen Mittelklasse war jedenfalls unter diesen Umständen nicht zu halten. Clarissa hatte jedoch ihre Vorbehalte gegen ihre Schwiegertochter für sich behalten, aus Angst, Thomas sonst ganz zu verlieren.

* * *

An einem herrlichen Nachmittag im Juli schaute Clarissa von der Rezeption aus nach draußen auf den Platz. Sehr viele Leute waren heute nicht zu sehen. Wahrscheinlich gingen die meisten lieber schwimmen oder hielten sich im kühlen Haus auf. Im Schatten unter den Bäumen saß eine ausnehmend hübsche Frau in einem luftigen Sommerkleid. Sie hatte langes dunkles Haar. Da kamen zwei Jungen, vielleicht dreizehn Jahre alt, gekleidet in Bermudashorts, blond, hoch gewachsen. Das mussten Zwillinge sein. Irgendwie erinnerten sie diese Jungen an Thomas, als er in dem Alter war. Jeder ein Eis in der Hand. Der eine brachte seiner Mutter ebenfalls eines, die jetzt herzlich lächelte. Clarissa konnte sich an den dreien gar nicht satt sehen. Da fiel der Groschen. Das war doch Karin. Ganz bestimmt. Und die Jungen – meine Güte! – sollten das ihre Kinder sein? Vom Alter her würde es hinkommen. Und die sahen tatsächlich aus wie Thomas. Clarissas Herz schlug schneller. Es hielt sie nicht mehr auf ihrem Stuhl. Sie stand auf und ging zur Tür, um genauer zu schauen. Natürlich, das war Karin. Aber die Jungen, konnten die tatsächlich Thomas´ Kinder sein? Die Vernunft hielt sie zunächst davon ab, einfach hinzugehen. Aber der Wunsch, Karin, und vor allem die Jungen zu sehen und mehr zu erfahren, war schließlich größer. Das konnte doch alles nicht wahr sein. Schließlich fasste sie Mut und ging über den Platz auf die drei zu. Als sie in zwei Metern Entfernung vor der jungen Frau stand, sagte sie: »Hallo, Karin. Wie geht es dir?«

»Guten Tag, Frau Bähr. Danke, es geht mir ausgezeichnet.«

Die beiden Jungen beachteten sie nicht weiter, sondern setzten sich auf die nächste Bank und unterhielten sich angeregt.

»Sind das deine Kinder.«

»Ja, das sind Giovanni und Raphael.«

»Sie sehen aus, wie Thomas als Junge ausgesehen hat.«

»Aha? So ein Zufall. Gott sei Dank sind sie auch ohne ihn groß geworden. Sie hatten nämlich den besten Vater der Welt. Ich denke, ich sollte jetzt gehen. Auf Wiedersehen, Frau Bähr.«

Damit erhob sich Karin, winkte ihren beiden Jungen zu und schlenderte mit ihnen davon. Clarissa stand da wie ein begossener Pudel. Sie wäre ihrer Nichte am liebsten hinterhergelaufen, hätte sich weiter mit ihr unterhalten, ihr erklärt, dass damals einiges schief gelaufen war und dass sie es bedauert. Aber dann wurde ihr klar, dass ohnehin nichts mehr zu retten war. Thomas hatte sich anderweitig gebunden, hatte Frau und Kind. Und sie musste damit leben. Als sie den Jungen hinterher sah, und was waren das für prächtige Kerle, bekam sie einen Stich ins Herz. Sie wusste, dass man nichts rückgängig machen konnte.

* * *

Clarissa wurde das Bild nicht mehr los. Karin, eine zauberhafte junge Frau und die beiden Söhne, die aussahen wie einst ihr Vater Thomas. Es wäre alles anders gekommen, wenn sie damals besonnener gehandelt hätte. Karin würde das Hotel zusammen mit Thomas leiten. Denn im Gegensatz zu Elli konnte sie das. Und sie hätte diese beiden tollen Jungen um sich. Stattdessen hatte sie eine Schwiegertochter, die ein Alptraum war und eine Enkelin, die zu einem erzogen wurde. Thomas war nicht glücklich, und das Hotel sackte immer mehr ab. Und schuld daran war sie. Es dauerte eine ganze Woche, bis Clarissa Thomas von ihrer Begegnung erzählte. Er hörte sich alles an, sagte kein Wort und verschwand. Clarissa wagte es nicht noch einmal, Thomas darauf

anzusprechen. Er hatte sich in sein Schneckenhaus zurück-
gezogen. Nach zwei Wochen wagte er es schließlich, Karins
Adresse ausfindig zu machen und sie aufzusuchen. Sie wohnte
jetzt mit ihren Söhnen in Clausthal-Zellerfeld.

Goslar 1969

Als Karin die Tür ihres schönen Hauses öffnete, brauchte sie einen Moment, bis sie Thomas erkannte. Er sah immer noch gut aus. Aus dem jungen Kerl, den sie vor fast vierzehn Jahren zum letzten Mal gesehen hatte, war ein erwachsener Mann geworden.

»Guten Tag, Karin.«

»Guten Tag, was kann ich für dich tun?«

»Ich habe gehört, dass du wieder in der Gegend bist. Und da wollte ich sehen, wie es dir geht.«

»Danke, mir geht es ausgezeichnet«, war die kühle Antwort.

»Können wir miteinander reden?«

»Worüber sollten wir reden? Wir haben fast vierzehn Jahre kein Wort miteinander gewechselt. Ich wüsste nicht, worüber wir nach so langer Zeit noch reden sollten.«

»Zum Beispiel über die Kinder.«

»Welche Kinder?«

»Über unsere Kinder.«

»Wir haben keine Kinder. *Ich* habe Kinder.«

»Aber ich bin doch der Vater.«

»Du bist nicht der Vater meiner Kinder. Sie hatten einen Vater, einen ganz außergewöhnlich guten sogar. Und der ist tot. Weitere Väter brauchen sie nicht.«

»Ich verstehe ja, dass du sauer bist. Aber ich habe doch ein Recht…«

»Entschuldige, du hast keinerlei Rechte in Bezug auf meine Kinder. Du warst zusammen mit deiner Stiefmutter der Meinung, dass meine Schwangerschaft damals nichts mit dir zu tun hatte. Daraufhin bin ich gegangen, und du hast mich nicht zurückgehalten. Ich musste die Kinder also ohne dich großziehen. Jetzt brauche ich dich nicht mehr. Und die Kinder auch nicht. Du hast dich völlig überflüssig gemacht in unserem Leben. Und an diesem Zustand soll sich auch nichts ändern. In den Geburtsurkunden der Jungs steht, wer ihr Vater ist. Und da ist nicht dein Name eingetragen. Mehr ist dazu nicht zu sagen.«

»Können wir nicht in Ruhe darüber reden? Ich weiß, dass ich damals den Fehler meines Lebens gemacht habe. Kann ich reinkommen?«

»Ich möchte nicht in dieser alten Suppe herumrühren. Wenn du einen Fehler gemacht hast, dann hattest du genug Zeit, um ihn wieder auszubügeln. Du hättest mir folgen können. Ein Anruf bei meiner Mutter hätte genügt, um meine Adresse herauszufinden. Aber das hieltest du nicht für nötig. Es gab Zeiten, da hätte ich dich gern wieder   genommen. Sogar noch nach dem Tod meines Mannes. Aber dieser Zug ist schon lange abgefahren. Wir haben nichts mehr miteinander zu tun. Lebe du dein Leben und ich lebe meines. Und jetzt entschuldige mich bitte.«

»Aber lass mich doch wenigstens mal die Kinder sehen.«

Karin schloss die Tür.

* * *

Danach kam es noch zu ein paar üblen Auseinandersetzungen. Thomas konnte sich nicht damit abfinden, seine Söhne nicht zu sehen. Er rief an, stand ein paar Mal vor der Tür, um Karin zu bewegen, ihm den Kontakt zu den Kindern zu ermöglichen. Aber er biss auf Granit. Die Verletzungen, die ihr einst zugefügt worden waren, saßen zu tief. Als er dann versuchte, die Jungen nach Schulschluss abzufangen, reichte es Karin. Ihr Bruder Christian war gerade zu Besuch. Er sah rot und fuhr nach Goslar, um Thomas ein für allemal klarzumachen, dass er sich von seiner Schwester und den Kindern fernzuhalten habe. Er erwischte ihn an der Hotelrezeption und polterte los. Thomas saß noch die letzte Begegnung mit Christian vor vierzehn Jahren in den Knochen, als der ihn über die Theke gezogen hatte. Diesmal ergriff er selbst die Initiative und schlug zu. In diesem Moment kam gerade Peter, der Küchenlehrling dazu. Als Christian Thomas an den Kragen ging, wollte der seinem Chef helfen und ging ihn von hinten an. Christian packte Peter ins Genick und brüllte: »Verzieh dich, Junge, sonst kriegst du auch eine verpasst.«

Halt suchend griff Peter Christian an den Kragen und wurde von diesem zurückgestoßen. Dabei riss er Christian eine Kette mit einem goldenen Anhänger ab, stolperte und verzog sich. Erst in der Küche stellte er fest, dass er die Kette in der Hand hatte. Der Anhänger war auf jeder Seite mit einem Namen graviert: Karin und Christian. Thomas war inzwischen im Büro verschwunden und Christian besann sich, dass er eigentlich keine Gewalt anwenden wollte. Er hatte ja auch nicht damit angefangen. Nach dieser Auseinandersetzung hatte Karin aber endlich Ruhe. Das Verhältnis zwischen ihr und Thomas kam völlig zum Erliegen.

Eine Woche nach diesem Vorfall geschah allerdings etwas, was Karin nie vergessen würde. Ihre beiden Jungen waren übers Wochenende bei den Großeltern in Lau-tenthal. Es war bereits dunkel, als es an der Tür klingelte. Sie hatte kaum geöffnet, da wurde ein Fuß in die Tür gestellt und ein maskierter Mann drängte sich herein. Karin wusste nicht, wie ihr geschah. Sie war vor Angst wie gelähmt. Der Mann schob sie ins Wohnzimmer und warf sie auf die Couch. Sie befürchtete das Schlimmste. Stattdessen positionierte sich der Kerl vor ihr und redete auf sie ein: *Wenn dir dein Leben lieb ist, dann sorge dafür, dass die Kinder ihren Vater sehen. Sonst komme ich wieder.* Dann riss er ihr die Kette mit dem Anhänger vom Hals und verschwand. Es dauerte mehrere Minuten, bis Karin in der Lage war, die Polizei zu rufen. Es gab eine Untersuchung. Selbstverständlich wurde Thomas befragt. Er konnte aber glaubhaft versichern, dass er niemanden beauftragt hatte, Karin einzuschüchtern. Und eine Beschreibung des Täters war aufgrund der Maskierung nicht möglich. Sie konnte nur sagen, dass es sich wahrscheinlich um einen sehr jungen Mann gehandelt hatte und dass er groß und schlank war. Es dauerte Jahre, bis Karin dieses Erlebnis halbwegs überwunden hatte.

Erst als Giovanni und Raphael sechzehn waren und Karin ihnen alles erzählt hatte, wollten sie ihren Erzeuger und ihre Halbschwester Christiane sehen. Sie fuhren ein paar Mal nach Goslar, um sich zu treffen. Ihre Begeisterung hielt sich in Grenzen. Ihren Vater fanden sie nicht besonders cool, und mit dem Schwesterchen konnten sie aufgrund ihres Alters nicht viel anfangen, außer sie zu verwöhnen. Das Mädchen fand es ganz toll, zwei große Brüder zu haben. Erst viel später, als Christiane erwachsen war, entstand allmählich ein gewisses Verhältnis zu dieser.

Vor zwei Jahren verunglückten Thomas und seine Frau tödlich. Zu ihrer großen Überraschung hatte Thomas in seinem Testament verfügt, dass seiner Tochter 50% des Hotels vermacht werden sollte und Raphael und Giovanni je 25%. Da sie es nicht nötig hatten und es Christiane finanziell nicht gerade gut ging, hatten sie nun ihre Anteile auf sie übertragen.

»Mein Gott, ist das dramatisch«, meinte Lilly, nachdem die Saufklevers mit ihrer Schilderung zum Ende gekommen waren.

»Und warum heißt Ihr beide nun Saufklever? Wer war der Mann, von dem ihr euren Namen habt?«

»Tja«, entgegnete Giovanni – oder Raphael, »unsere Mutter ging ja mit dem freundlichen Gast, der in dem Hotel gewohnt hatte, nach Italien. Das war August Saufklever. Nach einiger Zeit in Mailand hatten sich die beiden sehr schätzen gelernt. Ich weiß nicht, ob es damals schon Liebe war. Aber sie mochten einander sehr. Und da hielt August Saufklever um ihre Hand an. Er hatte keine Familie und wollte für unsere Mutter und ihren Nachwuchs das Allerbeste. So kamen wir zu diesem schönen Namen. Für uns war er natürlich unser Vater. Leider war er schon ziemlich alt und starb, als wir acht Jahre alt waren. Dass er uns nicht gezeugt hatte, erzählte unsere Mutter uns erst mit sechzehn. Und da beschlossen wir auch, unseren leiblichen Vater kennenzulernen. Und unsere kleine Schwester, also die Tochter unseres leiblichen Vaters.«

Nun erzählte der andere der Zwillingsbrüder weiter: »Mit unserem Erzeuger hat uns nicht viel verbunden. Aber unsere kleine Schwester, dieser alte Drache, ist uns irgendwie ans Herz gewachsen. Offenbar wollte Thomas Bähr etwas gut machen und hat uns jeweils 25% von seinem Erbe gegeben, was wir gar nicht wollten und nur zu Komplikationen geführt hat. Deshalb haben wir unserer Schwester die Anteile jetzt auch überschrieben. Was sollen wir mit einem halben Hotel in Goslar?«

»Und was ist nun aus all den Leuten geworden, über die ihr erzählt habt? Aus eurer Mutter und ihrem angeblichen Zwillingsbruder? Aus eurer Großmutter und deren

Schwestern?«

»Unsere Mutter«, sagten Giovanni und Raphael gleichzeitig. Dann ließ der eine dem anderen den Vortritt: »Unsere Mutter lebt wieder in Mailand. Sie ist glücklich in zweiter Ehe verheiratet. Mit einem Italiener. Wir sehen uns oft. Unser Erzeuger starb vor zwei Jahren, zusammen mit seiner Frau, bei einem Unfall. Unsere Halbschwester führt das Hotel in Goslar, in dem wir zurzeit nächtigen. Unsere Großmutter Sophie ist tot, auch Clarissa ist längst tot. Hermine, die jüngste der drei Schwestern, lebt noch.«

»Und wie!«, warf der andere der Zwillingsbrüder ein. »Wenn man bösartig wäre, könnte man sagen, sie ist ganz schön plemplem.« Jetzt lachten die beiden. »Aber das ist eine andere Geschichte. Das nächste Mal…«

Nun ergriff wieder der andere das Wort: »Und unser Onkel Christian, also der vermeintliche Zwillingsbruder unserer Mutter, hat damals sein Studium der Forstwirtschaft an den Nagel gehängt, um die Welt zu retten. Er hat konvertiert und studierte dann katholische Theologie. Er ist Priester geworden.«

»Und was für einer!«, rief der andere dazwischen und die beiden lachten lauthals.

»Mein Gott, das ist ja hochinteressant«, konstatierte Lilly. »Aber ich denke, jetzt gehen wir schlafen. Es ist drei Uhr.«

»Ja, wir machen uns jetzt auf den Weg«, sagte einer der Zwillinge gähnend.

»Ihr glaubt doch wohl nicht, dass ich euch in diesem Zustand fahren lasse? Oben steht ein Gästezimmer für ein Paar oder auch für Zwillinge bereit. Ihr bleibt hier.«

* * *

Am nächsten Morgen hatte Lilly den Frühstückstisch gedeckt. Amadeus kam zuerst in seinem Hahnenkostüm, und Lilly empfing ihn mit den Worten: »Ach, übrigens habe ich deinen

Trainingsanzug gefunden. Er lag doch noch hier herum.«

»Tante Lilly, das hast du absichtlich gemacht, mich den ganzen Abend in diesem albernen Kostüm herumsitzen zu lassen.«

»Ach, Amadeus, in meinem Alter vergisst man schon mal etwas. Zieh dich einfach um und sei froh, dass du heute nicht mehr den Hahn geben musst.«

Beim gemeinsamen Frühstück erzählten die Saufklevers dann, dass sie heute Nachmittag noch einen Termin in Goslar hätten.

»Wir treffen uns mit Antek Spielmann. Der stammt auch aus Lautenthal, wohnt aber zur Zeit in Polen.«

»Ach, du meine Güte! Antek Spielmann. Er ist neben Amadeus der albernste Mensch, den ich kenne. Während bei Amadeus die Albernheit eher ungewollt ist, legt Antek es geradezu darauf an.«

Amadeus wollte gerade protestieren, als die Saufklevers loslachten.

»Wenn Sie Amadeus und Antek schon für albern halten, dann kennen Sie unseren Onkel Christian nicht, den Pater. Er kommt übrigens heute Abend nach Goslar. Sie sind herzlich eingeladen, auch zu kommen, Fräulein Höschen. Wir treffen uns im Hotel zum Essen. Das gilt natürlich auch für dich, Amadeus. Und bring doch bitte auch deine Frau mit.«

»Das wird nicht möglich sein. Ich hatte ja gestern schon meinen freien Abend. Für heute haben wir keinen Babysitter. Das heißt, für zwei Stunden ließe sich bestimmt etwas machen. Ich muss mal mit Marie sprechen. Vielleicht kann ich sie ja für gestern etwas entschädigen, wenn wir heute Abend essen gehen.«

»Also, abgemacht. Du kommst mit deiner Frau. Sie, Fräulein Höschen, kommen. Antek wird bestimmt auch dableiben. Das Geschäftliche erledigen wir vorher. Und dann stoßen noch Onkel Christian und seine leibliche Mutter Hermine dazu. Außerdem wird sich unsere Halbschwester Christiane, der nun das ganze Hotel gehört, frei machen und Gast in ihrem eigenen Hotel sein.« Einer der Zwillinge hatte nun alles zusammengefasst.

»Das dürfte ja ein interessanter Abend werden«, gab Lilly lächelnd von sich.

»Ich bin gespannt, diesen Pater Christian kennenzulernen und seine Mutter, die ja schon weit über neunzig sein müsste.«

»Vierundneunzig«, sagte Giovanni. »Sie dürfen wirklich gespannt sein. Die beiden gehören zu den interessantesten und unterhaltsamsten Menschen, die ich kenne.«

»Wenngleich die Unterhaltsamkeit auch unfreiwillig ist«, ergänzte sein Bruder.

»Gut«, sagte Lilly. »Ich komme. Und ich miete mir auch gleich ein Zimmer in Goslar, weil ich abends nicht mehr nach Hause fahren will bei dem Wetter. Ach übrigens, könnt ihr mir mal die Telefonnummer von Antek Spielmann geben. Ich weiß zwar nicht, ob ich sie irgendwann mal brauche, aber ich habe gern alle Nummern meines erweiterten Bekanntenkreises parat.«

Christian

Er hatte ein paar Semester Forstwirtschaft studiert, als ihn eines Tages die Erkenntnis traf, dass er sich auf dem falschen Weg befand. Das kam wie ein Blitz. Er saß im Hörsaal und langweilte sich, als eine innere Stimme – vielleicht war es auch eine Stimme von außen, vielleicht war es Gott persönlich, sagte: *Was willst du hier? Du kennst doch deinen Weg. Von Kindheit an kennst du ihn. Es ist der Weg der Gerechtigkeit und der Hilfe für die Schwächeren.*

Christian war erschrocken. Hatte er sich das eingebildet oder hatte jemand zu ihm gesprochen? Die Stimme war glasklar zu hören gewesen. Das waren mehr als nur Gedanken. Er packte seinen Kram zusammen und verließ den Hörsaal, ging nach Hause in seine möblierte Studentenbude, fand aber keine Ruhe. Er wusste nicht, was mit ihm los war. Dann ging er durch die Stadt, ohne ein Ziel zu haben. Als er sich nach Stunden völlig erschöpft auf einer Bank wiederfand und aufblickte, sah er, dass er sich vor einer Kirche befand. Er war sicher schon viele Male an ihr vorbeigegangen, ohne sie zu beachten. Jetzt fühlte er sich aber von diesem Gotteshaus angezogen. Er öffnete die Tür und betrat das Gebäude. Das musste eine katholische Kirche sein. Die Ausstattung mit Beichtstuhl und die brennenden Kerzen kannte er von evangelischen Kirchen nicht. Ganz langsam ging er zum Altar. Dort zog ihn eine Pieta in den Bann. Er kniete nieder. Er betete nicht, das hatte er schon seit vielen Jahren nicht mehr getan. Aber er war zutiefst erschüttert von der Darstellung der Mutter, die ihren toten Sohn in den Armen hielt. Als er nach längerer Zeit immer noch kniend vor dem Altar verharrte, kam schließlich ein Pfarrer auf ihn zu und sprach ihn an. Nach einem Gespräch nahm dieser ihn schließlich mit nach Hause und Christian erzählte seine Geschichte. Es sollten noch etliche

Gespräche folgen. Und nach einiger Zeit war ihm klar: *Ich muss Priester werden. Das ist meine Bestimmung.* Er konvertierte zum katholischen Glauben und schrieb sich für ein Theologiestudium ein.

Als er seiner Mutter Sophie davon erzählte, fiel diese aus allen Wolken. Ihr Christian wollte ein katholischer Priester werden? Das war für sie bisher undenkbar gewesen. Aber sie spürte die Ernsthaftigkeit seines Anliegens und wünschte ihm von Herzen alles Gute für sein Vorhaben. Auch Karin, seine vermeintliche Zwillingsschwester, konnte es erst nicht glauben. Aber sie wusste, dass er ein sehr ernsthafter Mensch war. Und wenn er einmal eine Entscheidung getroffen hatte, dann konnte ihn nichts mehr davon abbringen. Irgendwie war sie stolz auf sein Durchsetzungsvermögen und die Konsequenz, mit der er seinen Weg meisterte.

Das Studium zog sich dahin. Schließlich wurde er Kaplan in Bayern, wo er aufgrund seines großen Engagements bei allen, die geistliche oder praktische Hilfe brauchten, sehr beliebt war. Dann bekam er eine Pfarrstelle in Berlin. Auch hier engagierte er sich mit aller Kraft. Er ging in Familien der Gemeinde, die er noch nie in der Kirche gesehen hatte und bot seinen Beistand an, engagierte sich für die weniger Betuchten und setzte sich für eine arme Gemeinde in Indien ein. Seine Predigten waren gelegentlich aufsehenerregend. Seine manchmal drastische Wortwahl führte dazu, dass die Kirche voller war als zuvor. Die Menschen mochten seine offenen Worte. Und niemand ahnte, wie schwer es ihm manchmal fiel, sich zu beherrschen und angesichts von Unrecht und Böswilligkeit einfach dreinzuschlagen.

Gelegentlich kam auch seine cholerische Ader zum Vorschein. Ein Mann, etwa Mitte zwanzig, kam jede Woche zur Beichte. Und immer erzählte er dasselbe. Dass er sich schon wieder selbst befleckt habe, dass er ständig unkeusche Gedanken hätte, wenn er dieser oder jener Frau begegnete, die ganze

Litanei. Eines Tages platzte Christian der Kragen und er konterte in einem lauten, barschen Ton: »Glaubst du allen Ernstes, dass der allmächtige Gott, der Schöpfer des Universums, Lust hat, sich Woche für Woche dein Gequatsche über deine Pimmelspielerein anzuhören? Dass er nichts anderes zu tun hat, als sich mit deinem albernen, kleinen Schwanz zu beschäftigen? Und glaubst du, dass es seinem unwürdigen Diener Spaß macht, dir Woche für Woche Absolution für deine Wichserei zu erteilen, du blöder Hund, du? Wenn du darin eine Sünde siehst, dann lass es doch einfach sein. Aber töte dem lieben Gott und mir nicht die Nerven damit!«

Ein anderer Mann, um die sechzig, kam einmal im Monat, um sich Absolution für sein Fremdgehen und den Besuch von Bordellen zu holen. Irgendwann konnte Pater Christian es nicht mehr hören und antwortete: »Du kriegst von mir keine Absolution, wenn du nicht damit aufhörst. Einmal im Monat vergebe ich dir im Namen Gottes deine Sünden, und du rennst von hier aus zum nächsten Puff und verprasst dein Geld, während deine Frau zu Hause nicht weiß, wovon sie Essen auf den Tisch bringen soll. Wenn du in den nächsten vier Wochen kein Hurenhaus betrittst und dich auch nicht an andere Frauen heranmachst, dann kannst du gerne wiederkommen, und du kriegst deine Absolution. Aber so nicht, mein Freund.«

Ganz perplex antwortete der Mann. »Aber es ist doch Ihre Pflicht, mir Absolution zu erteilen. Beten Sie für mich, dass ich es schaffe.«

»Oh, das werde ich. Ich schließe dich heute in mein Nachtgebet ein. Und für den Fall, dass du rückfällig wirst, werde ich den Herrn bitten, dass dich der Blitz beim Scheißen trifft!«

Ausfälle dieser Art kamen zwar nicht allzu häufig vor. Aber mit zunehmendem Alter doch immer öfter. Und offenbar erzählten auch einige Betroffene dies weiter. Daher wurde er eines Tages zum Dechanten zitiert, der ihn darauf ansprach. Christians erboste Antwort: »Wollen Sie mich etwa animieren, das Beichtgeheimnis zu verletzen? Sie hören dazu nicht ein

Sterbenswörtchen von mir.« Damit war der Fall erledigt.

Mit seinen siebenundsiebzig Jahren war Christian inzwischen pensioniert. Aber aufgrund des Pfarrermangels war er noch immer tätig, wenn Not am Mann war. Und bei vielen Gemeindegliedern war er äußerst beliebt. Allein schon sein Äußeres, er sah aus wie ein alter Bär mit wallendem weißen Haar und Vollbart, verströmte Vertrauen.

Er wurde immer mal wieder von seinen Angehörigen, vor allem von Karin, gefragt, ob er seine Entscheidung, Pfarrer zu werden, nicht bereue. Er hatte selbst öfters darüber nachgedacht. Natürlich gab es die Momente des Zweifels, insbesondere, wenn er nicht ausrichten konnte, was er sich vorgenommen hatte. Aber insgesamt war er zufrieden. Er würde sich wieder so entscheiden. In einem anderen Beruf wäre er nicht glücklicher geworden. Und für eine Familie sorgen zu müssen und die Querelen zu ertragen, die im Zusammenleben mit einer Frau zwangsläufig entstünden, wäre auch nicht sein Ding gewesen. Also, es ist gut wie es ist, dachte er öfters. Er musste seinen Weg gehen. Sein Hauptproblem war die Wut, die manchmal in ihm hochkam. Wenn er etwas zutiefst Ungerechtes sah, konnte er einfach nicht schweigen. Und er hatte sogar Mühe, seinen Unmut nur in Worte zu fassen und lauthals loszupoltern. Da war dieses Bedürfnis, am liebsten zuzuschlagen, einen Tyrannen ungespitzt in den Boden zu rammen. Er betete zwar, dass Gott ihn von seinem Zorn erlösen mochte, aber diese Gebete waren wohl nie wirklich erhört worden. Er tröstete sich damit, dass Gott ihm diesen gerechten Zorn nun mal geschenkt hatte. Irgendwie musste dahinter ein tieferer Sinn stecken.

Heute nun hatte er sich auf den Weg nach Goslar gemacht, um seine Neffen Giovanni und Raphael zu sehen. Und natürlich seine leibliche Mutter Hermine, die er als Tante betrachtete. Seine wahre Mutter war für ihn stets Sophie gewesen, auch über den Tod hinaus.»

Hermine

Als sie Christian mit sechzehn zur Welt gebracht hatte, war sie froh, dass sie den Großteil der Mutterpflichten nicht auf sich nehmen musste. Dafür fühlte sie sich noch viel zu jung. Ihre Schwester Sophie hingegen ging ganz in ihrer Rolle auf. Und nach kurzer Zeit glaubte diese wohl selbst, dass sie Zwillinge hätte. Hermine fühlte sich wohl in der Rolle der lieben Tante. Vor allem war sie wieder frei und konnte Ausschau halten nach neuen Bekanntschaften. Es gab ein paar Techtelmechtel, aber keine ernsthafte Bindung. Dann kam der Krieg, und die Auswahl sank rapide. In diesen Jahren arbeitete sie wie ein Pferd, um die fehlenden Männer zu ersetzen, und hatte wenig Freude. Nach dem Krieg ging es bergauf, und es standen auch wieder Männer zur Verfügung. Allerdings wurde sie auch älter. Mit Mitte bis Ende zwanzig sank ihr Marktwert bei jüngeren Männern stetig. Schließlich lernte sie einen Gastwirtssohn aus Bad Grund kennen, der ihr den Hof machte. Er war zehn Jahre älter als sie. 1950 wurde geheiratet. Sie zog nach Bad Grund und betrieb mit ihrem Mann die Gaststätte, nachdem seine Mutter sich zur Ruhe setzen wollte. Bad Grund war ein aufstrebender Kurort, und die Geschäfte liefen gut. Zwei Jahre später bekam das Ehepaar eine Tochter.

Als Anfang der achtziger Jahre ihr Ehemann starb und die Tochter längst aus dem Haus war, verkaufte sie das Anwesen inklusive Gaststätte und nahm sich eine Wohnung in Goslar. Mit Anfang sechzig war sie immer noch eine attraktive Frau, und ihr Interesse an Männern war ungebrochen. Sie hatte auch noch keine Lust, den Ruhestand zu genießen. Also suchte sie sich eine Beschäftigung. Sie veranstaltete Dessous-Partys. Als das Geschäft nicht so recht anlaufen wollte, ließ sie mehr und mehr Alkohol fließen. Aber auch das half nicht sonderlich. Dann richtete sich ihr Augenmerk auf die Zielgruppe der über Sechzigjährigen. Das lief schon besser, aber noch immer nicht zufriedenstellend. Schließlich hatte sie die Idee, mit etwas Hasch nachzuhelfen. Sie selbst hatte diesbezüglich ein paar Erfahrungen gesammelt. Was so ein bisschen Gebäck mit der richtigen Würzung ausmachen konnte, war enorm. Die erste Party war dann auch gleich ein Volltreffer. Die Damen waren so ausgelassen, dass sie alles anprobierten und es gar nicht mehr ausziehen wollten.

Die letzten drei Teilnehmerinnen in ihrem Wohnzimmer weigerten sich sogar, auf dem Heimweg ihre Kleider anzuziehen und machten sich lachend in ihren neu erworbenen Dessous auf den Heimweg. Ein Autofahrer, der ganz langsam eine Einbahnstraße entlangfuhr, traute seinen Augen nicht. Er beobachtete die Frauen, die alle um die siebzig sein mochten, wie eine wundersame Erscheinung, fuhr immer langsamer, bis er schließlich durch die Kollision mit einem parkenden Auto aufgehalten wurde. Die Damen winkten ihm lachend zu. Das wiederum sah ein anderer Autofahrer, der dieselbe Straße entlang kam und seine Augen ebenfalls nicht mehr von ihnen abwenden konnte. Dieser fuhr auf das andere Unglücksauto auf. Dann waren die Frauen um die Ecke verschwunden. Die beiden Fahrer stiegen aus, und der eine sagte zum anderen: »Haben Sie das gesehen?«

»Ja. Und wer kommt nun für unseren Schaden auf?«

Das mit dem Hasch war Hermine dann doch etwas zu drastisch. Sie reduzierte die Rauschhilfe wieder auf prickelnden Sekt und hatte auch so Erfolg. Mit siebzig hing sie dann diese Einnahmequelle an den Nagel und versuchte, ihr Leben zu genießen. Allerdings erwies sich dies als schwierig. Das größte Manko war, dass sie in ihrem Alter einfach nicht die Männer fand, die sie gern gehabt hätte.

Mittlerweile war sie fast vierundneunzig und immer noch gut beieinander. Allerdings machten sich ein paar Schrullen bemerkbar, von denen sie selbst zwar nichts merkte, ihre Mitmenschen aber umso mehr. Sie war zum Beispiel der Meinung, dass eine alleinstehende Frau bewaffnet sein sollte. Hermine ging extra zur Polizei, um sich zu erkundigen, wie sie an eine Waffe käme. Als man ihr dort sagte, dass sie das vergessen solle, besorgte sie sich auf eigene Faust eine. Zwar keine scharfe Waffe, aber eine Schreckschusspistole, um im Falle eines Falles ernst genommen zu werden. Als sie einmal mit ihrem Pudel durch eine Parkanlage spazierte und das Tier sein Geschäft machte, rief ein Arbeiter aus einer nahegelegenen Baugrube: »Oma, lass deinen Hund hier nicht hinscheißen.«

Mit ihrer hohen, kreischenden Stimme gab sie zu Antwort: »Halt die Fresse, sonst gibt es ´ne blaue Bohne!«

Nun antwortete der Kollege des Bauarbeiters lachend: »Wo willst du denn ´ne blaue Bohne herhaben?«

Daraufhin holte Hermine ihre Schreckschusspistole aus der Handtasche und gab zwei ohrenbetäubende Schüsse ab. Die Arbeiter bekamen Todesangst und schmissen sich in den Dreck.

»Ich hab´ gesagt, ihr sollt die Fresse halten. Das nächste Mal ziele ich genauer, ihr Armleuchter.«

Hermine legte immer noch großen Wert auf ihr Äußeres. Sie hatte einen modischen Kurzhaarschnitt, war blond gefärbt und gab einen Großteil ihres Geldes für ihre Garderobe aus. Zum Glück hatte sie keine größeren Gebrechen. Das Schlimmste, was sie sich vorstellen konnte, wäre eine Gehhilfe gewesen.

Heute freute sich Hermine auf die Einladung zum Essen im Hotel Bähr. Sie mochte ihre beiden Neffen aus Italien. Außerdem kam Christian. Sie würde zwar nie verstehen, warum er Priester geworden war – vielleicht lag es an der Erziehung durch ihre Schwester Sophie, aber egal, sie liebte ihn. Sie mochte sein polteriges Wesen und seine gelegentliche Unbeherrschtheit. Ob er es mit der Keuschheit tatsächlich so genau genommen hat? Sie musste sich merken, ihn das heute mal zu fragen.

Antek

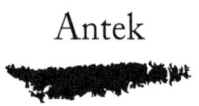

Der dreiundvierzigjährige Antek Spielmann stammte aus Lautenthal. Als Maschinenbauingenieur hatte er einen Traumjob in einer kleinen Firma in Krakau. Mit Polen verbanden ihn außerdem recht komplizierte, aber angenehme verwandtschaftliche Beziehungen. Zu seinen Aufgaben gehörte es, durch die Welt zu reisen, um mit Kunden über speziell anzufertigende Maschinen zu sprechen und diese zusammen mit seinen Kollegen zu entwerfen, zu bauen und zum Laufen zu bringen. Wenn er nicht gerade in China, Russland oder Brasilien war – und auch nicht in Krakau, dann war er in Lautenthal. Dort lebten seine Mutter und seine Großmutter.

Heute konnte er Privates und Geschäftliches miteinander verbinden. Die Saufklever-Zwillinge wollten mit ihm über eine Maschine sprechen, die sie für eine kanadische Bergbaufirma benötigten, an der sie beteiligt waren. Sie wollten sich nachmittags in Goslar treffen. Und für den Abend war ein Essen anberaumt, an dem auch noch andere teilnehmen sollten. Wer, das wusste Antek nicht.

Vom Gemüt her war er ein Sonnenschein, auch wenn einige Leute ihn eher als albernen Menschen bezeichneten. Seine alte Lehrerin Lilly Höschen etwa. Er hatte gern Spaß. Und wenn es nichts zu lachen gab, dann fiel ihm schon etwas ein, diesen Zustand zu ändern. Seine groben Scherze, die auch schon mal die Grenze zur Beleidigung oder Sachbeschädigung überschreiten konnten, waren berüchtigt.

Antek war noch ungebunden. Er war also sozusagen noch zu haben und offen für allerlei Beziehungen. Sein Äußeres war durchaus dazu angetan, bei der Damenwelt auf Gegenliebe zu stoßen. Er war groß, sah passabel aus, war selbstbewusst, großzügig und freundlich. Die Richtige hatte er einfach noch nicht gefunden. Also hieß es: ausprobieren. Zurzeit lief es allerdings nicht so gut. Antek war eine Beziehung zu einer verheirateten Frau eingegangen. Dumm war nur, dass sie ihrem Ehemann den Fehltritt nach kurzer Zeit gebeichtet hatte. Dieser hatte ihr verziehen, wollte aber Rache nehmen an diesem miesen Frauenverführer. Zum Glück hatte die Dame wenigstens noch den Anstand, Antek zu warnen. Aber, was soll's. Ich bin so viel unterwegs, dachte er. Der Kerl kriegt mich sowieso nicht. Inzwischen dürfte er seine Rachepläne ohnehin vergessen haben und glücklich sein, dass er seine holde Gattin wieder hat.

Heute freute er sich auf die Begegnung mit den Saufklevers. Das waren sehr angenehme Menschen, die nie einem Scherz abgeneigt waren.

Christiane

Als Kind war sie eine Katastrophe gewesen. Wutanfälle, Schreikrämpfe, mit dem Fuß aufstampfen und das Werfen von Gegenständen gehörten zu ihrem Repertoire. Ihre Mutter Elli war eine eher einfach gestrickte Frau. Ihre Erziehung bestand vor allem in dem Ignorieren dieser Verhaltensweisen ihrer Tochter. Sie konnte schreien wie sie wollte. Die Mutter meinte dann nur, dass sie sich schon wieder beruhigen würde. Ihr Vater Thomas versuchte gelegentlich, sie zu besänftigen, zog es dann aber meist vor, die Flucht zu ergreifen, weil sich kein Erfolg einstellte, wenn sie ihren Willen nicht bekam.

Als sie sechs Jahre alt war, wusste sie, was zu tun war, um ihren Willen auch ohne die Kraftanstrengung von Wutanfällen zu bekommen. Wenn sie ihr Ziel nicht erreichen konnte, weil ihr etwas verboten wurde, wartete sie geduldig, bis sie Gelegenheit hatte, es trotzdem zu tun. Die Eltern und Großmutter Clarissa mussten viel arbeiten und hatten gar nicht die Zeit, sich ständig um sie zu kümmern. Das Hotel Bähr, in dem sie aufwuchs, war groß und unübersichtlich. Es gab unzählige Möglichkeiten, sich zu verstecken. Und es gab viele Gelegenheiten, an Geld zu kommen, wenn es um Wünsche ging, die die Eltern nicht erfüllen wollten. Es gab die Kasse an der Rezeption, die Küchenkasse und die privaten Reserven der Eltern. Es war nie alles so gut gesichert und beaufsichtigt, als dass man da nicht irgendwie dran käme. Man durfte nur nicht zu viel nehmen oder sich Dinge kaufen, die den Eltern auffielen.

Mit sechs lernte Christiane auch ihre beiden Brüder kennen. Das waren vielleicht zwei tolle Kerle. Einer sah aus wie der Andere. Und sie verwöhnten ihre kleine Schwester. Anscheinend waren sie reich.

Das war auch die Zeit, als etwas Seltsames passierte. Sie hatte einen fürchterlichen Streit mit ihrer Mutter, weil diese ihr nicht irgendein Puppenzubehör kaufen wollte. Sie solle sich gefälligst bis zum Geburtstag gedulden. Und auch dann wäre noch nicht sicher, ob sie überhaupt etwas bekäme. Schließlich würden nur Kinder, die sich benehmen könnten, etwas geschenkt bekommen. Also schlich sie sich in die Küche, als am frühen Nachmittag alle im Personalraum versammelt waren und zu Mittag aßen. Die Küchenkasse, aus der der Chefkoch kleine Einkäufe bezahlte, die er auf dem Markt tätigte, stand unbeaufsichtigt im Regal seines kleinen von der Küche abgeteilten Büros. Natürlich war sie nicht abgeschlossen. Also nahm sich Christiane dreißig Mark heraus und verschwand so schnell wie sie gekommen war. Niemand hatte etwas bemerkt. Dann rannte sie los und kaufte, was ihr die Mutter verwehren wollte. Natürlich konnte sie mit den neuen Sachen nicht offen in ihrem Zimmer spielen. Das würde ihre Mutter merken und dann nervige Fragen stellen. Aber das Hotel war groß. Besonders einsam war der Weinkeller. Hier kamen nur ganz wenige Mitarbeiter hinein.

Sie hatte ihre Puppen und die neue Ausstattung mitgenommen, überall Licht gemacht und spielte hinter einem hohen Weinregal. Da ging plötzlich die Tür auf. Sie hörte die aufgeregten Stimmen des Chefkochs und die vom Küchenlehrling Peter. Und sie hörte das Jammern des jüngsten Lehrlings Martin, der immer wieder rief *Ich hab das Geld nicht genommen.* Christiane war mucksmäuschenstill und versteckte sich hinter dem Regal. Der Chefkoch und Peter zerrten den armen Martin die Treppe herunter. Er wehrte sich. Aber es war sinnlos. Gegen die Kraft des dicken Kochs und des kräftigen Lehrlings Peter kam er nicht an. Dann öffnete Peter eine Luke im Fußboden, die Christiane noch nie gesehen hatte. Sie zerrten Martin heran und Peter sagte noch *Geld her oder du fliegst da rein!* Der Koch brüllte *Wer lange Finger macht und die Küchenkasse plündert, mit dem mache ich kurzen Prozess!* Der arme Martin hatte panische Angst, in das Loch gestoßen zu werden. Es gab ein Gerangel. Peter wollte ihn unbedingt da hinein werfen, und Martin wehrte sich standhaft. Aber gegen die beiden kam er nicht an. Christiane wollte schon rufen *Ich habe das Geld genommen*. Aber sie hatte zu große Angst, dass man sie dann in das Loch werfen würde.

Dann passierte es: Martin flog in das Loch. Während des Falls schrie er wie am Spieß. Dann war es still. Peter stieg die Leiter herunter und rief nach kurzer Zeit hoch: *Der ist hin*. Die Antwort des Chefkochs war: *Scheiße! Hol seine Sachen aus dem Zimmer und schmeiß sie hinterher. Dann ist er eben abgehauen, und keiner weiß wohin.*

Die beiden Männer gingen aus dem Weinkeller und Christiane verharrte wie festgewachsen an ihrem Platz hinter dem Regal. Einige Zeit später kam Peter noch einmal mit der Tasche von Martin, die er in das Loch warf. Dann schloss er die Luke, verließ den Keller und machte das Licht aus. Nach einigen Minuten, die ihr wie Stunden vorkamen, tastete Christiane sich in der Dunkelheit zur Treppe und verließ den Gewölbekeller ebenfalls. Ihre Puppensachen, die sie in einer Plastiktüte hatte, warf sie in die Mülltonne.

In den nächsten Tagen bekam sie mit, dass man über das Verschwinden von Martin rätselte. Niemand wusste, wo er war. Seine Sachen waren auch aus seinem Zimmer verschwunden. Jeder ging davon aus, dass er einfach abgehauen war.

* * *

Im Laufe der Jahre hatte Christiane ihr Kellererlebnis völlig aus ihrem Gedächtnis verdrängt. Es gab noch eine dunkle Erinnerung, die sie daran hinderte, diesen Ort noch einmal zu betreten. Aber worum es dabei ging, wusste sie nicht mehr. Erst als Erwachsene ging sie wieder hinunter, hatte dabei aber immer ein beklommenes Gefühl. Und irgendwann ließ sie die Bodenluke fest verschrauben, damit niemand mehr auf die Idee kam, diesen unheimlichen Ort zu betreten.

Christiane ging zur Schule, machte dann eine Ausbildung in einem anderen Hotel und stieg als junge Frau im elterlichen Betrieb ein. Mit fünfundzwanzig heiratete sie, wurde ein paar Jahre später wieder geschieden und kümmerte sich dann weitgehend allein, manchmal noch etwas von den Eltern unterstützt, um den Betrieb, der nicht sonderlich gut lief. Als dann die Eltern vor zwei Jahren starben, kam der Schock. Ihr gehörte laut Testament nur das halbe Hotel. Ihre angereisten Halbbrüder Giovanni und Raphael, die sie angesichts ihres zunehmenden Leibesumfangs gern Dickmolche nannte, machten ihr allerdings klar, dass sie kein Interesse an dem Hotel hätten. Sie würden ihr helfen, alles auf die Reihe zu kriegen und ihr dann ihre Anteile überschreiben.

Peter

Er war schon als Kind sehr ehrgeizig. Immer musste er der Beste sein oder zumindest hervorstechen. Und wenn das alles nicht klappte, dann wollte er sich wenigstens gutstellen mit denen, die den Ton angaben. Er hatte die Lehrstelle als Koch bekommen und strengte sich unglaublich an, es seinem Chef rechtzumachen. Herr Wüstenschütz war ein strenger Lehrmeister. Es kam schon mal vor, dass er einem Lehrling ein Stück Fleisch ins Gesicht schmiss oder den Eimer mit den geschälten Kartoffeln samt Wasser über den Kopf schüttete, weil nicht so gearbeitet worden war, wie er es angewiesen hatte. Gerade deshalb versuchte Peter, durch Fleiß und beste Leistungen zu glänzen. Als dann ein Jahr später Martin als Lehrling anfing, spielte er sich ihm gegenüber auf wie der Boss. Und dieser hörte auch auf ihn. Denn mittlerweile hatte Peter beim Chefkoch einen Stein im Brett. Er durfte schon Sachen machen, die eigentlich erfahrenen Kräften vorbehalten waren. Aber so viele Mitarbeiter gab es ja nicht in der Hotelküche.

Auch beim Hoteldirektor und seiner Frau versuchte er, Eindruck zu schinden. In vorauseilendem Gehorsam tat er alles, was ihnen das Leben erleichterte. Wenn Frau Bähr, egal ob die junge oder die Seniorin, eine Erledigung zu machen hatte, bot er sofort an, sich in seiner Pause darum zu kümmern. Und als dieser stämmige Typ in die Rezeption kam und gegenüber seinem Chef handgreiflich wurde, war es selbstverständlich für ihn, sich einzumischen und Thomas Bähr zu helfen. Am Abend hatte dieser ihn dann ins Vertrauen gezogen und ihm erklärt, worum es ging. Seine Ex erlaubte ihm nicht, seine Kinder zu sehen. Daraufhin war er an seinem freien Tag nach Clausthal-Zellerfeld gefahren, um der Dame mal etwas Angst einzujagen. Als er jedoch Herrn Bähr davon erzählte, wurde er zusammengestaucht.

Was ihm denn einfiele, sich in seine Angelegenheiten zu mischen. Er stand kurz vor dem Rausschmiss. Ein Glück, dass die Polizei Thomas Bähr nichts nachweisen konnte und auch sonst nichts getan hatte, um der Sache auf den Grund zu gehen. Man hätte nur in seinem Umfeld suchen müssen, dann wäre Peter dran gewesen. Denn ein Alibi hatte er nicht für die Tatzeit.

Dann gab es eines Tages Ärger mit Martin. Der Chefkoch beschuldigte ihn, lange Finger gemacht zu haben, und das schon zum wiederholten Mal. Der stritt aber alles ab. Als es dann wieder passierte, wollte er ihm einen Denkzettel verpassen. Einsperren! Allein hätte er das ja nicht zustande gekriegt. Also musste Peter helfen, ihn in den Weinkeller zu bugsieren. Da gab es eine Klappe im Boden, die zu einer Art Unterkeller führte. Kaum jemand im Haus wusste davon. Dort sollte Martin einige Zeit schmoren. Aber es ging schief. Der Idiot hatte sich derart gewehrt, dass er kopfüber in das Loch stürzte. Peter schaute nach und stellte fest, dass er tot war. Also wies der Chefkoch an, seine Sachen aus seinem Dachkämmerchen zu holen sie ebenfalls im Keller zu entsorgen. Dann wurde im Hotel herumgerätselt, was wohl mit Martin passiert sei. Nach einer Woche ging Peter nachsehen. Er sollte ein paar Weinflaschen holen. Bei der Gelegenheit schaute er in das Loch. Martin war weg. Dabei hatte er doch nach dem Vorfall nach ihm gesehen. Er war tot. Hatte er jedenfalls geglaubt. Dass er nicht mehr da war, konnte nur bedeuten, dass der Chefkoch ihn herausgeholt und die Leiche anderweitig entsorgt hatte oder dass er gar nicht tot war. Scheißegal. Der Kerl war sowieso selbst Schuld.

* * *

Nach der Lehre ging Peter in den Süden. Mit seiner Durchsetzungskraft, seinem Ehrgeiz und Fleiß hatte er Erfolg. Es gelang ihm zwar nicht, in erstklassigen Häusern unterzukommen, aber für den Posten eines Chefkochs in lukrativen Mittelklasse-Restaurants reichte es. Und vor zwei Jahren hatte er sich bei Christiane als Küchenchef beworben. Als er Goslar damals verlassen hatte, war sie noch ein Kind gewesen, konnte sich aber an ihn erinnern. Unter seiner Regie lief der Laden. Er führte ein strenges Kommando in der Küche und kreierte eine Speisekarte, die von den Gästen angenommen wurde. Dass er eines Tages den Betrieb leiten würde, in dem er gelernt hatte, war etwas Besonderes für ihn. Mit Christiane kam er gut zurecht. Außerdem war sie eine ganz ansehnliche Frau. Da er nicht gebunden war, dachte er das eine oder andere Mal schon daran, sich an sie heranzumachen. Chefkoch im eigenen Betrieb zu sein, wäre noch eine Nummer besser. Aber bisher zeigte Christiane kein besonderes Interesse. Er würde sie schon noch überzeugen, dass er der Richtige für sie war. Sie wurde schließlich auch nicht jünger. Besondere Ambitionen an Christiane als Frau hatte er allerdings nicht. Das lag weniger an Christiane als an der Tatsache, dass er grundsätzlich nicht so intensiv für Frauen empfand wie andere Männer. Er hatte in seinem Leben verschiedene Frauen gehabt. Aber ebenso hatte er auch den einen oder anderen Mann gehabt. Allerdings mussten diese jung sein. Den ganz besonderen Kick bekam er sowieso nicht durch reinen Sex. Es hatte lange gedauert, bis er merkte, was ihn eigentlich anmachte. Aber darüber konnte er mit niemandem reden. Das war sein dunkles Geheimnis. Nur allzu oft konnte er diesen Kick nicht bekommen. Das war zu gefährlich.

Bei Christiane ging es nur um Anerkennung. Der Mann an der Seite der Hotelchefin, derjenige zu sein, ohne den nichts lief, das war schon eine gute Vorstellung.

Für heute hatte Christiane ein Festessen bestellt. Familientreffen und ein paar Freunde. Da hatte er sich etwas Besonderes einfallen lassen. Vier Gänge, alles vom Feinsten. Die Leute sollten Augen machen! Und Christiane sollte stolz auf ihn sein und endlich merken, dass er unentbehrlich war.

Martin

Heute war er nach langer Zeit mal wieder in Goslar. An dem Hotel vorbeizugehen, wo ihm so viel Leid zugefügt worden war, fiel ihm leichter, als er gedacht hatte. Er genoss es sogar, gemütlich durch die winterlichen Straßen zu schlendern. Die Stadt war noch schöner geworden. Alles war herausgeputzt. Die historischen Gebäude waren alle bestens saniert. Wären da nicht die Autos gewesen und die modernen Schaufenster, hätte man meinen können, ins Mittelalter zurückversetzt worden zu sein. Nur, dass glücklicherweise die mittelalterliche Düsternis fehlte. Es hätte alles so schön sein können, wenn er in Goslar geblieben wäre. Hier hätte er sich in den letzten vierundvierzig Jahren wohlgefühlt. Auf jeden Fall wäre es ihm besser ergangen als da, wo er diese Zeit verbracht hatte.

Schließlich fand er einen Tisch in einem hübschen Café mit Blick auf den Platz und bestellte sich ein Frühstück. Während er in sein Brötchen biss, wanderten seine Gedanken in die Vergangenheit. Er war damals so froh gewesen über diese Lehrstelle im Hotel Bähr. Da er von außerhalb kam, hatte man ihm sogar eine Unterkunft im Haus organisiert. In der Küche herrschte zwar ein rauer Ton, aber er kam zurecht. *Lehrjahre sind keine Herrenjahre*, hatte sein Vater immer gesagt. Dass er für die letzten Drecksarbeiten eingeteilt wurde, akzeptierte er. Er stand in der Hierarchie ganz unten. Und neben dem Küchenchef, Herrn Wüstenschütz, spielte sich vor allem der andere Lehrling, Peter, der ein Jahr zuvor angefangen hatte, auf. Auf der anderen Seite kehrte dieser Peter auch den guten Kumpel heraus. In seiner Naivität hatte er gar nicht gemerkt, dass noch etwas anderes dahinter steckte. Er machte ihm erst zweideutige und dann sehr eindeutige sexuelle Avancen. Und eines Tages gab er ihm, was er wollte. Und dann immer wieder.

Er war nicht in der Lage, klipp und klar zu sagen, dass das nicht sein Ding war. Stattdessen ließ er alles über sich ergehen, auch wenn es ihn ankotzte. Dann kam wieder dieses Kumpelhafte bei Peter heraus. Als er sich einmal hartnäckig sträubte, ihm zu Diensten zu sein, versetzte Peter ihm eine Ohrfeige und sagte, dass er schon sehen werde, was ihm sein ablehnendes Verhalten einbrächte. Schließlich fügte er sich in sein Schicksal oder das, was er dafür hielt. Aber es war alles irgendwie erträglich, jedenfalls bis eines Tages Geld in der Küchenkasse fehlte. Es habe noch nie etwas gefehlt, hatte Herr Wüstenschütz gesagt. Martin zog sich diesen Schuh nicht an. Dann fehlten irgendwann wieder dreißig Mark. Nun wurde er massiv beschuldigt. Dabei hätte jeder andere das Geld auch nehmen können. Jedenfalls war Wüstenschütz überzeugt, dass er der Dieb war und ging mit ihm in den Weinkeller, im Schlepptau Peter. Als er nicht die Kellertreppe runtergehen wollte, zog man ihn. Dann öffnete Peter die Bodenklappe, und es kam zu einem wilden Gerangel. Um nichts in der Welt würde er da runter gehen. Er war unschuldig. Doch dann trat er ins Leere und stürzte. Er verlor die Besinnung. Als er später erwachte, taten ihm Kopf und Brust weh. Mühselig rappelte er sich auf. Es war stockfinster. Er fühlte die Leiter und ging ein paar Sprossen hoch, stieß die Luke auf. Auch im Weinkeller war es dunkel. Humpelnd tastete er sich zu einem Lichtschalter, ging zurück, um in das Verlies zu schauen. Da entdeckte er seine Tasche. Obwohl ihm alles weh tat und er Angst hatte, stieg er noch einmal hinunter, um sein Eigentum zu holen. Er ging die Treppe hoch. Gott sei Dank, war die Kellertür nicht verschlossen. Er stellte fest, dass es Nacht sein musste. Das Hotel war wie ausgestorben. Über die Außentür der Küche verließ er das Hotel. Er ging humpelnd zum Bahnhof und nahm morgens gegen fünf Uhr den ersten Zug Richtung Heimat. Seinen Eltern erzählte er nichts Genaues über den Vorfall, nur, dass er nie wieder dorthin zurückgehen würde. Er suchte den Arzt auf, der eine Gehirnerschütterung und zwei gebrochene Rippen diagnostizierte. Als er sich ein paar Tage danach erholt hatte, konnte er die Vorhaltungen seiner Eltern, dass er seine Lehre angeblich geschmissen hätte, nicht mehr ertragen. Er packte seine Sachen und zog Richtung Süden. Dort blieb er. Er fand Jobs, lernte aber keinen Beruf und schlug sich zeitlebens immer nur mühselig durch. Er hatte keinen Elan mehr. Jahrelang träumte er fast jede Nacht von dem Sturz in das Verlies.

Irgendwann beruhigte sich sein Leben, verlief in halbwegs geregelten Bahnen. Aber es mangelte ihm an Kraft, etwas daraus zu machen, einen Neuanfang zu wagen. Er hatte immer das Gefühl, dass seine Kräfte da unten in dem Kellerverlies des Hotels zurückgeblieben waren. Dann reifte der Entschluss heran, sich der Konfrontation mit seiner Vergangenheit endlich zu stellen. Zudem hatte er erfahren, dass Peter, dieser miese Hund, heute Chefkoch in dem Hotel war. Er würde ihn heute aufsuchen. Zwar hatte er keine Ahnung, was er eigentlich von ihm wollte. Aber es war an der Zeit, ihm nach all den Jahren wieder zu begegnen. Vielleicht würde alles gut verlaufen und es ging ihm danach besser. Vielleicht würde er ihn aber auch umbringen. Alles war offen. Und alles war besser als der gegenwärtige Zustand.

Giovanni und Raphael

Als Kinder merkten sie meist gar nicht, ob sie Italienisch oder Deutsch sprachen. Als sie in Mailand wohnten, sprachen sie in der Schule Italienisch und zuhause meistens Deutsch, gelegentlich aber auch Italienisch. Als sie mit dreizehn nach Deutschland zogen, hatten sie keine Mühe, sich meistens auf Deutsch auszudrücken. Sie konnten in beiden Sprachen reden, schreiben und träumen. An ihren Vater August hatten sie nur noch vage Erinnerungen. Er war der liebevollste Mensch, den sie sich nur vorstellen konnten. Eigentlich empfanden sie ihn als Kinder mehr wie eine Mischung aus liebem Großvater und Freund. Die Väter der anderen Kinder waren völlig anders: jünger, strenger – fordernd und strafend. Die meisten Jungen hatten großen Respekt vor ihren Vätern. Ihr Vater war ein Mann, der ihnen unzählige Dinge beibrachte, der erzählte und erklärte; ja, er konnte ihnen die ganze Welt erklären. Er konnte trösten und Wünsche erfüllen. Das tat er nicht nur bei ihnen, sondern auch bei ihrer Mutter. Karin, ihre wunderbare Mutter, war von Anfang an ihre große Liebe. So sehr sie ihren Vater mochten, zog ihre Mutter sie doch an wie ein Magnet. Es gab nichts Schöneres, als von der Mutter in den Arm genommen zu werden. Manchmal gab es Rivalitäten und Eifersucht zwischen den Brüdern, wer die Mutter in welchem Maße vereinnahmen durfte. Diese verstand es aber immer, Frieden zu stiften und ihnen das Gefühl zu geben, dass jeder von ihnen einmalig war. Ihre ruhige, besonnene Art und ihre Zärtlichkeit bildeten eine Aura, in der man sich absolut sicher und geborgen fühlte.

Als sie sechzehn waren, erzählte die Mutter dann schließlich ihre Geschichte. Sie hatten es schon lange geahnt, aber nie ernsthaft darüber nachgedacht, dass ihr Vater August nicht ihr Erzeuger war. Also entschlossen sie sich, diesen, wie auch ihre kleine Halbschwester Christiane, kennenzulernen.

Von ihrem leiblichen Vater Thomas waren sie nicht besonders beeindruckt. Wenn sie sich an August erinnerten, mit welcher Hingabe er ihnen die Welt erklärt hatte, wie er sich um jedes noch so kleine oder große Problem gekümmert hatte, dann war Thomas´ Auftreten einfach nur banal. Es war ihm nicht gelungen, einen Draht herzustellen, auf dem sie sich verständigen konnten. Es gab schlichtweg keine Gemeinsamkeiten. Er hatte ein völlig anderes Leben gelebt als sie. Nichts von dem, was Thomas ihnen sagte, war in irgendeiner Weise wichtig, interessant oder gar erstrebenswert. Er war für ihr Leben einfach keine Bereicherung.

Ihre Halbschwester Christiane war ein kleines Kind, das begeistert war, wenn man es beschenkte oder mit ihm verrückte Spiele spielte. Es war lustig, mit anzusehen, wenn sie ihren Willen nicht bekam und dann vor lauter Wut Sachen durch die Gegend schmiss. Die Eltern hatten es nicht leicht mit ihr. Giovanni und Raphael hingegen waren für Christiane Lichtgestalten. Das lag sicherlich nicht nur an den Geschenken, die sie bei ihren Besuchen mitbrachten. Sie verwöhnten sie auch mit ihrer übergroßen Zuwendung. Sie trugen sie Huckepack, spielten mit ihr Verstecken, gingen mit ihr Eis essen und brachten ihr das Schwimmen bei. Alles Dinge, für die die Eltern anscheinend keine Zeit oder kein Interesse hatten. Meistens, wenn sie nach Goslar kamen, waren die Eltern gar nicht da oder ansprechbar. Das war auch in Ordnung für die Zwillinge. Sie hatten kein Interesse an ihrem Vater. Und mit dessen Frau konnten sie rein gar nichts anfangen. Sie besuchten ihre kleine Schwester, die jedes Mal völlig aus dem Häuschen war, wenn sie ihre Brüder sah.

Wenn sie in späteren Jahren an diese Treffen in Goslar dachten, kam ihnen allerdings noch etwas ganz anderes in Erinnerung. Eines Tages wurden sie von Peter, einem jungen Koch, in den Weinkeller gelockt. Sie waren siebzehn und Peter vielleicht fünf, sechs Jahre älter. Er lud sie ein zu einer guten

Flasche Rotwein. Sie fühlten sich geschmeichelt. Dann kramte er aus einem Regal ein paar Pornohefte hervor und animierte sie dazu, sich diese anzusehen. Das war zu jener Zeit noch etwas Besonderes. So leicht kam man da nicht ran. Nachdem die zweite Flasche Wein halb leer war, wurde Peter anzüglich und ging ihnen an die Wäsche. Den beiden war klar, dass sie das nicht wollten. Mit Nachdruck wehrten sie diese Übergriffe ab und verließen den Weinkeller. Bei ihren weiteren Besuchen bekamen sie Peter nicht mehr zu Gesicht. Als sie mit neunzehn Deutschland verließen, hatten sie den Vorfall weitgehend verdrängt und erwähnten ihn nicht wieder. Nun hatten sie erfahren, dass Peter heute Chefkoch des Hotels war, das ihrer Schwester gehörte.

Goslar, 15. Februar 2014

Lilly hatte sich ein Zimmer im Hotel Bähr bestellt, da es abends sicherlich spät werden würde. Sie freute sich auf das Essen und das Zusammensein mit den Saufklevers. Selbstverständlich war sie auch von einer unbändigen Neugier beseelt, Christian, den Pfarrer, kennenzulernen, und natürlich Hermine. Die Zwillinge hatten sie gestern so wild gemacht auf diese interessanten Leute, dass sie es zu Hause nicht ausgehalten hätte. Hinter dem Hotel gab es nur ein paar Parkplätze. Das war halt Innenstadt. Aber sie hatte Glück. Sie belegte den letzten, noch freien Platz. Ein Stück weiter stand das Angeberauto von Antek Spielmann, ein metallicgrüner BMW mit polnischem Kennzeichen. Das ist typisch Antek, dass der solch eine Achtzigtausend-Euro-Kutsche fährt, dachte sie. Sie nahm ihr Köfferchen und wollte gerade nach vorn gehen, um das Hotel durch den Haupteingang zu betreten. Da kam ein Betonmischwagen angerauscht und hielt direkt neben dem Parkplatz. Er fuhr das Rohr aus über das Dach von Anteks Luxuskarosse. Dann ging es los. Lilly gestikulierte dem Fahrer zu, aber der interessierte sich nicht dafür. Offenbar betonierte er den BMW mit voller Absicht ein. Und was da für Betonmassen herauskamen! Sie nahm ihr Handy aus der Handtasche und suchte die Kurzwahl von Antek. Nach ein paar Sekunden meldete sich dieser: »Antek Spielmann, hallo.«

»Lilly Höschen, selber hallo.«

»Fräulein Höschen, was verschafft mir die Ehre Ihres unverhofften Anrufes?«

»Wenn du, wie ich vermute, in Goslar bist, sollten wir uns sofort sehen.«

Antek, der keine Ahnung hatte, dass Lilly auch zum Abendessen eingeladen war, hatte nicht die geringste Lust, seiner alten

Lehrerin zu begegnen. Das letzte Aufeinandertreffen lag ihm noch im Magen. Außerdem war er noch in Verhandlungen mit den Saufklevers in einem kleinen Konferenzzimmer des Hotels. Deshalb log er dreist: »Oh, Fräulein Höschen, nichts lieber als das. Aber leider bin ich zurzeit in Paris. Aber sobald ich wieder in der Heimat bin, melde ich mich bei Ihnen.«

Inzwischen war von Anteks Luxusgefährt nichts mehr zu sehen.

»Das ist schade, Antek. Dann grüß mir die Champs-Élysées, den Montmatre und den Eifelturm. Wenn du hier gewesen wärst, hättest du dich sowieso nur geärgert. Es reicht ja, wenn du nach deiner Rückkehr siehst, was gerade mit deinem Auto passiert, das hinter dem Hotel Bähr steht. Au revoir und viel Spaß noch in Paris.«

Dann legte sie auf und freute sich diebisch auf das Gesicht, das Antek gleich machen würde. Nur ein paar Sekunden später kam er herausgestürmt. Er sah gerade noch den Betonmischer wegfahren und stand vor dem riesigen Haufen Beton, unter dem sein Wagen begraben war. Er raufte sich die Haare und schrie unverständliche Dinge. Als er Lilly sah, schaute er diese an wie ein Weltwunder. Ganz souverän fragte sie: »Nanu, Antek! Du bist wohl in Lichtgeschwindigkeit aus Paris angereist?«

Inzwischen kamen auch die Saufklevers und Christiane auf den Hof gerannt, um sich die Bescherung anzusehen.

Christiane rief: »Ich schmeiß mich hintern Zuch! Was für´n Saubäst hat´n das gemacht?«

»Wahrscheinlich handelt es sich um Aktionskunst: Luxuskarosse unter Beton«, meinte Lilly schmunzelnd.

Antek rief die Polizei an, die auch gleich kam und das Kunstwerk bewunderte. Lilly erläuterte den beiden Uniformierten kurz, was sie gesehen hatte und gab ihnen das Kfz-Kennzeichen, das sie noch während des Vorfalls notieren konnte. Dann verließ sie den Parkplatz Richtung Straße, um zum Vordereingang des Hotels zu gelangen. Dabei sah sie eine alte Dame am Fenster des gegenüberliegenden Hauses, die herunter rief: »Heute ist endlich mal richtig was los. Was hier in der letzten Stunde alles passiert ist, das kriegt man sonst im ganzen Jahr nicht geboten.«

Lilly lächelte der Dame zu und ging weiter. Sie würde es sich jetzt auf ihrem Zimmer gemütlich machen – bis zum Abendessen waren ja noch ein paar Stunden Zeit. Die Polizei forderte schweres Gerät an, um die Bescherung vom Hotelparkplatz zu entfernen. Zwischendurch bekam Antek einen Anruf von seiner letzten Geliebten, die ihm sagte, dass sie ihren Mann nun doch verlassen hätte. Sie empörte sich darüber, dass ihr Gatte einen Privatdetektiv beauftragt hatte, der sie bespitzelt und wahrscheinlich auch nach Antek Ausschau hält.

»Wir müssen damit rechnen, dass mein Mann Dummheiten macht. Wenn er auf diesem Eifersuchtstrip ist, ist er unberechenbar.«

»Die Dummheiten hat er schon gemacht. Er hat mein schönes, neues Auto einbetoniert«, war seine Antwort.

»Nein!«, brüllte die Dame jetzt in den Hörer.

Die Polizei hatte den Übeltäter nach einer halben Stunde gestellt. Es handelte sich tatsächlich um den Ehemann von Anteks letzter Affäre. Er saß quietschvergnügt im Büro seiner Firma, die Fertigbeton produzierte, und lächelte die Polizisten an, als sie das Zimmer betraten. Er hatte offenbar auf sie gewartet, gab alles zu und sagte, dass man sich eine Racheaktion schon mal etwas kosten lassen sollte.

* * *

Hotelbesitzerin Christiane hatte einen separaten Speiseraum dekorieren und den Tisch perfekt eindecken lassen. Sie zählte noch einmal die Gedecke, um sicherzugehen, dass sie auch niemanden vergessen hatte: Ihre Zwillingsbrüder, Christian, Hermine, Fräulein Höschen, Antek Spielmann, Amadeus mit seiner Frau und sie selbst. Das waren neun Personen. Okay, alles war perfekt. Mit Peter, dem Chefkoch, hatte sie alles besprochen. In Gedanken versunken, hörte sie plötzlich, wie jemand hinter ihr sagte: »Hallo, Christiane, es fehlt noch ein Gedeck.«

Sie drehte sich um und sah eine ältere Dame, die sie zwar kannte, aber im Moment nicht unterbringen konnte, woher. Dann fiel der Groschen: »Karin? Das ist doch nicht möglich. Mein Gott, wie lange haben wir uns denn nicht gesehen?«

Es war tatsächlich Karin, die Mutter ihrer Halbbrüder Giovanni und Raphael. Sie hatte Karin vielleicht vier-, fünfmal im Leben gesehen. Seit dem letzten Mal waren etliche Jahre vergangen. Sie lebte schließlich in Italien.

Karin ging auf die Jüngere zu und gab ihr einen Kuss auf die Wange: »Ich habe mir gedacht, dass der noch vorhandene Rest der Familie sich so selten sieht, dass es doch gut wäre, wenn ich auch komme. Also habe ich heute Morgen kurzentschlossen einen Flug gebucht – und hier bin ich.«

»Das ist ja eine schöne Überraschung. Ist dein Mann auch da?«

»Nein, der ist nicht so spontan wie ich.«

Karin hatte dieses Hotel seit 1956 nie wieder betreten. Sie wollte weder mit Thomas noch mit seiner Stiefmutter Clarissa zu tun haben. Karin hatte Christiane zuletzt vielleicht vor zehn Jahren gesehen, als sie mit ihren Söhnen im Harz war. Sie hatte nichts gegen sie. Schließlich konnte sie nichts dafür, wie schändlich ihr Vater und ihre Großmutter sie damals behandelt hatten. Nun waren beide tot, und sie sah keinen Grund mehr, das Hotel, in dem sie vor einem halben Jahrhundert gearbeitet hatte, nicht zu betreten. Heute kam ihr alles viel kleiner vor als damals. Aber es war alles sehr hübsch hergerichtet, ordentlich und pieksauber.

Für Christiane war Karin eine Dame von Welt. Ihre dezente, aber teure Kleidung, ihre Frisur, das dunkel gefärbte Haar und ihr freundliches, unaufdringliches Wesen erweckten in ihr den Wunsch, so zu sein wie sie. Natürlich nicht jetzt, sondern wenn sie in das entsprechende Alter kam. Aber das war eben nur ein Wunsch. Sie wusste, dass sie nie so sein würde. Sie war halt etwas einfacher gestrickt. Die weltgewandte Frau, die mehrere Sprachen spricht, konnte sie sich abschminken. Sie war schon froh, wenn sie einigermaßen Hochdeutsch sprach und nicht in den Jargon ihrer Mutter verfiel. Auf jeden Fall freute sie sich, Karin wiederzusehen.

* * *

Gegen sieben Uhr trudelten die Gäste im Speisezimmer ein. Zuerst kamen Giovanni und Raphael. In ihre Mitte hatten sie Fräulein Höschen genommen, jeder eine ihrer Hände haltend. Christiane war schon da. Sie platzierte ihre Brüder an der Längsseite und Lilly an einem Kopfende der Tafel. Als sie die Zwillinge so anschaute, beide im dunklen Anzug, mit weißem Hemd und gestreiftem Schlips, schüttelte sie mit dem Kopf und nahm zwei Haftnotizen, auf denen die Namen der Zwillinge standen und klebte jedem eine an das Revers ihrer Jacketts. Die beiden lächelten und tauschten die Haftnotizen, weil ihre Schwester natürlich mal wieder falsch gelegen hatte. Kopfschüttelnd kommentierte sie: »Müsst ihr euch denn auch noch gleich anziehen? Wie soll man euch beiden Dickmolche denn da auseinanderhalten?«

Kurz danach trafen Hermine und Christian ein. Eine Minute später kam Antek, der sich für diese Nacht auch im Hotel einquartiert hatte. Den Schock über sein einbetoniertes Auto schien er ganz gut überwunden zu haben. Dann kamen Amadeus und seine Frau Marie. Ganz zum Schluss trat Karin ein. Sie war der Überraschungsgast. Niemand außer Christiane hatte sie bisher gesehen. Deshalb war die Freude groß. Nachdem jeder jedem die Hand geschüttelt oder sich umarmt hatte, nahmen alle ihre Plätze ein, und es wurden Aperitifs gereicht.

Dann wurde die erste Vorspeise serviert. Lilly unterhielt sich angeregt mit Hermine, die zu ihrer Linken saß. Zu ihrer Rechten saß Christian, und neben ihm Karin, die sich mit ihrem vermeintlichen Zwillingsbruder in ein Gespräch vertieft hatte. Irgendwie kamen Hermine und Lilly auf das Thema Sex im Alter zu sprechen. Hermine, die in dieser Hinsicht mit ihren vierundneunzig Jahren auf einen reichen Erfahrungsschatz zurückblicken konnte, erzählte von einem ihrer letzten Erlebnisse, das in ihrer Erinnerung offenbar noch nicht sehr lange zurücklag: »... und dann macht es *klitsch, klitsch, klitsch.* Und dann macht es schließlich *blupp.* Aber dieser *Blupp* hat nicht viel gebracht. Denn es kommt ja nicht nur auf den aktuellen Härtegrad an, sondern auch auf die Standhaftigkeit, besser gesagt, die Dauer der Standhaftigkeit. Jedenfalls machte es dann wieder *klitsch,* und wir konnten von vorn anfangen mit unseren Bemühungen.«

»Ach, Hermine«, entgegnete nun Lilly, »vielleicht sollten Sie doch lieber auf ein etwas jüngeres Semester zurückgreifen. Es nutzt doch der schönste *Blupp* nichts, wenn es nur ein paar Sekunden anhält und dann wieder *klitsch* macht.«

Christian sah die beiden Frauen mit größtem Unbehagen an und räusperte sich vernehmlich. Aber Hermine ignorierte dies und redete munter weiter: »Das Problem ist doch, dass die meisten Kerle meinen, sie seien so unwiderstehlich, dass sie unbedingt junges Gemüse haben müssten, obwohl ihr eigenes Verfallsdatum schon längst überschritten ist. Die denken doch tatsächlich, wenn es einmal kurz *blupp* macht, dann ist die Frau zufrieden.«

Jetzt reichte es Christian und er sagte leicht ungehalten: »Könnt ihr geilen alten Schachteln vielleicht mal aufhören, euch während des Essens übers Ficken zu unterhalten? Da vergeht einem ja der Appetit.«

Karin, die das mitbekommen hatte, fing an zu lachen. Aber Lilly spitzte erbost den Mund und konterte: »Das ist mal wieder typisch. Wenn Männer sich über dieses Thema unterhalten, ist es völlig in Ordnung. Aber wenn Frauen dies tun, werden sie als geile alte Schachteln tituliert. Sie sind ein Macho, Herr Pfarrer!«

Christian wollte gerade antworten, als Hermine sich einklinkte und sagte: »Gut, dass du das Thema ansprichst, Christian. Sonst hätte ich bestimmt vergessen, was ich dich fragen wollte. Wie sieht es eigentlich mit deinem Liebesleben aus? Du bist ja nun katholischer Geistlicher. Bist du eigentlich noch Jungfrau?«

Diese Frage, die Hermine natürlich in der ihr eigenen Unbefangenheit gestellt hatte, ging ihm gehörig auf die Nerven und in leicht cholerischem Ton gab er zur Antwort: »Hermine! Glaubst du etwa, dass ich hier während des Essens vor allen Leuten über mein Sexualleben Auskunft gebe? Ich bin Pfarrer und halte mich ans Zölibat. Aber ich bin nicht als Pfarrer auf die Welt gekommen, sondern erst im fortgeschrittenen Alter Pfarrer geworden. Und mehr sage ich darüber nicht. Mir reicht es schon, wenn ich mir jede Woche im Beichtstuhl diesen ganzen Müll anhören muss, wer es mit wem treibt. Als ob es auf der Welt keine anderen Probleme gibt.«

Christian hatte dies recht laut und fast etwas unbeherrscht von sich gegeben, und es entstand eine gewisse Heiterkeit im Raum. Dann wurde der nächste Gang serviert. Die Stimmung war gut. Als Amadeus sein Weinglas umstieß und der Inhalt des Glases sich über seinem Teller ergoss, wollte Christiane ihm ein neues Essen bringen lassen. Aber Amadeus wehrte ab und meinte, dass er Weinsoße sehr gern mochte. Christiane schaute ihn mitleidig an. Beim Dessert haute er dann aus Versehen auf seinen Löffel, und durch die Hebelwirkung flog die darauf befindliche Kirsche schräg über den Tisch und traf Antek an der Stirn. Ganz perplex nahm dieser die Kirsche und warf sie zu Amadeus zurück. Alle lachten, während Lilly mit dem Kopf schüttelte und kommentierte: »Ihr seid wirklich die albernsten Bengel, die ich kenne. Manchmal muss man sich schämen, dass man euch kennt.«

* * *

Nach dem Dessert kreuzte dann die Kriminalpolizei auf. Als Lilly Hauptkommissar Schneider mit seiner Mitarbeiterin Nina Liebe im Schlepptau sah, ahnte sie nichts Gutes: »Nanu, Herr Schneider, Sie kommen aber nicht wegen des einbetonierten Autos?«

Kommissar Schneider kannte Lilly von diversen Kriminalfällen her sehr gut. Mal fand sie eine Leiche in ihrem Garten, mal stellte sie einen Mörder in ihrem Haus. Die Liste ihrer Verwicklungen in Tötungsdelikte und Entführungen war lang. Eigentlich hätte er sich denken können, Lilly hier anzutreffen. Daher war er auch gar nicht überrascht, die alte Dame hier zu sehen. Er mochte sie, auch wenn sie ihm manchmal gehörig die Nerven strapazieren konnte.

»Ja und nein«, antwortete er. »Auf jeden Fall freue ich mich, Sie zu sehen, Fräulein Höschen.«

Dann stellte er sich und seine Mitarbeiterin der Abendgesellschaft kurz vor und bat um Aufmerksamkeit:

»Meine Damen und Herren, es tut mir außerordentlich leid, diese muntere Gesellschaft zu stören. Aber ich muss Sie bitten, mir Ihre Aufmerksamkeit zu schenken. Wie einige von Ihnen sicherlich wissen, wurde heute Nachmittag auf dem Hotelparkplatz das Auto von Herrn Spielmann einbetoniert. So weit, so gut. Das wäre kein Grund für mich, Sie zu stören, da der Täter bereits ausfindig gemacht werden konnte und ich mich normalerweise mit anderen Fällen beschäftige. Nur, nachdem das Fahrzeug von dem Beton befreit war und man den Kofferraum öffnete, wurde festgestellt, dass sich darin eine Leiche befand.«

Nun fiel einigen an der festlichen Tafel die Kinnlade herunter, und man hörte *ahhh* und *ohhh*. Die Saufklever-Zwillinge sagten wie aus der Pistole geschossen: *Um Gottes willen.*

Schneider schaute Antek Spielmann an, der vor Staunen den Mund noch nicht wieder geschlossen hatte, und fragte ihn: »Sie wissen nichts von einer Leiche im Kofferraum Ihres Autos?«

»Nein, natürlich nicht. Ich fahre doch keine Leichen durch die Gegend.«

»Hatten Sie Ihren Wagen beim Parken abgeschlossen?«

»Das weiß ich nicht. Normalerweise schon. Aber garantieren kann ich es nicht. Ich vergesse das manchmal, was nicht so schlimm ist, da ich ja eine Wegfahrsperre habe.«

»Das heißt also, dass der Tote nicht schon im Kofferraum gewesen sein muss, als Sie hier ankamen. Dies würde bedeuten, dass er erst auf dem Parkplatz dort hineingelegt worden sein könnte. Außerdem wissen wir noch gar nicht, ob der Mann schon tot war, als er in den Kofferraum gelangte. Es ist auch möglich, dass er noch gelebt hat und dann aufgrund der massiven Ladung Beton dort erstickt ist. Das werden wir erst nach der Obduktion wissen. Ich möchte Ihnen auf jeden Fall ein Bild zeigen. Vielleicht kennt ja jemand den Toten.«

Nina Liebe hatte ein Foto in der Hand, mit dem sie zu jedem am Tisch Sitzenden ging. Es handelte sich um einen Mann von etwa Anfang sechzig. Jeder schüttelte mit dem Kopf oder sagte nein. Niemand kannte ihn.

Schneider sagte dann: »Meine Herrschaften, wir werden Sie wohl alle befragen müssen. Außer Ihnen auch das Personal und die Hotelgäste. Das schaffen wir aber nicht mehr heute. Ich bitte Sie, sich zur Verfügung zu halten. Frau Liebe wird Ihre Adressen und Telefonnummern aufnehmen. Und wir setzen uns dann mit Ihnen in Verbindung. Nur vorab die Frage an alle Anwesenden: Hat einer von Ihnen gesehen, wie sich heute Nachmittag jemand an dem Auto von Herrn Spielmann Zugang verschafft hat?«

Es folgten allgemeines Kopfschütteln und Bemerkungen, dass man zu dieser Zeit ja noch gar nicht im Hotel war.

»Noch etwas: Der Tote hielt in seiner Hand krampfhaft eine Kette mit zwei identischen goldenen Anhängern in der Hand.« Jetzt hielt Schneider eine kleine Plastiktüte in die Höhe.

»Die Anhänger enthalten je zwei Gravuren: Christian und Karin.«

Christian und Karin sahen sich fassungslos an. Nach einer Schocksekunde erhoben sich beide und gingen auf den Kommissar zu, der am Kopfende der Tafel, also direkt gegenüber Lilly stand. Schneider zeigte ihnen den Inhalt des Beutels und fragte: »Kennen Sie diese Schmuckstükke?«

»Das sind eindeutig unsere Anhänger«, meinte Karin und Christian pflichtete bei: »Meinen Anhänger vermisse ich seit 1969, als ich dieses Hotel zum letzten Mal betreten habe.«

»Meine Kette wurde mir vom Hals gerissen, als ich 1969 in Clausthal überfallen wurde«, hauchte Karin. »Und jetzt sind beide wieder da? Ob der Tote der Mann ist, der mich damals überfallen hat?«

Auch Christiane sah sich die Anhänger an. Sie wusste zwar im Moment nichts damit anzufangen, aber irgendwie fing es in ihrem Hinterkopf an zu grummeln: Wo hatte sie die schon mal gesehen?

»Das ist interessant«, sagte Schneider zu Karin und Christian. »Ich möchte Sie beide bitten, mich zu einer Befragung zu begleiten.« Jetzt schaute er Antek Spielmann an: »Sie, Herr Spielmann, müsste ich allerdings auch gleich befragen. Seien Sie mir nicht böse, wenn ich Sie bitten muss, mich ebenfalls zu begleiten.«

»Natürlich.«

Wie ein bedröppelter Hund erhob sich Antek und begleitete den Kommissar, während Nina Liebe die Namen und Adressen der anderen Anwesenden aufnahm. Zwei weitere Beamte waren bereits damit beschäftigt, das Personal und die Gäste zu befragen, ob sie etwas gesehen hätten.

Als Schneider und seine Mitarbeiterin zusammen mit Antek, Karin und Christian das Zimmer verlassen hatten, brach unter den Verbliebenen ein wildes, lautstarkes Spekulieren aus.

Christiane konnte gar nicht begreifen, was alles passiert war. Und so fasste sie ihre Gefühle in knappen Worten im Oberharzer Jargon zusammen: »Was isn das hier eigntlich für ne Scheiße? Audo einbetoniert, ne Leich im Kofferraum, uralde

Goldanhänger wiedergefunden. Ich ha´ de Schnauze voll. Am besten, ich verkeef dies alde Scheißhotel und mach ne Wörschtchenbud auf Mallorca auf.«

Die Saufklever-Brüder fingen an zu lachen und Lilly, die jetzt ganz in ihrem Element war, sagte aufgeregt: »Aber das ist doch eine hochinteressante Sache. So etwas kriegt man nicht alle Tage geboten.«

* * *

In einem Vernehmungsraum der Dienststelle saßen Christian und Karin den beiden Kommissaren Gerald Schneider und Nina Liebe gegenüber. Schneider, der höfliche, besonnene Hauptkommissar, war Mitte fünfzig. Seine Mitarbeiterin Nina Liebe, die kleine, lautstarke Dame, war zwanzig Jahre jünger. Er arbeitete gern mit ihr zusammen. Im Gegensatz zu ihm konnte sie schon mal laut werden, auf den Putz hauen und eine Sache auf den Punkt bringen. Zur Not konnte er sie ja bremsen. Zunächst wollte er die Sache mit den Goldanhängern klären. Vielleicht führte sie das ja zur Identität des Toten. Also legte er das Tütchen mit den beiden Anhängern auf den Tisch und begann zu sprechen: »Sie hatten vorhin gesagt, dass Sie die Anhänger seit 1969 vermissen. Ihnen, Frau Valentino, wurde die Kette damals bei einem Überfall in Ihrem Haus in Clausthal-Zellerfeld vom Hals gerissen. Und Sie, Herr Pfarrer, vermissen die Kette seit Ihrem Besuch 1969 im Hotel Bähr. Dort hatte es eine Rangelei gegeben mit dem damaligen Eigentümer. Ist das richtig?«

Christian ergriff das Wort: »Nicht nur mit dem Eigentümer, Thomas Bähr, sondern auch mit einem seiner Angestellten, der von hinten auf mich zukam. Er war angezogen wie ein Koch. Wahrscheinlich war es ein Lehrling aus der Küche, so jung wie der Kerl war.«

»Der Mensch, der Sie damals in Ihrem Haus überfallen hatte, ist nie gefasst worden?«

Karin schüttelte mit dem Kopf.

Schneider überlegte scharf und konstatierte: »Es liegt auf der Hand, dass beide Anhänger von demselben Mann, wahrscheinlich also von dem Toten im Kofferraum, entwendet wurden. Jetzt müssten wir wissen, wer damals als Küchenlehrling im Hotel gearbeitet hat. Ich denke, bevor wir uns weiter den Kopf zerbrechen, rufe ich Frau Christiane Bähr an. Vielleicht kann sie sich erinnern.«

Jetzt polterte Christian los: »Das ist doch Quatsch. Christiane war damals ein ganz kleines Kind. Woran soll sie sich denn erinnern?«

Schneider war angesichts des Tons, den Christian anschlug, etwas konsterniert und entgegnete: »Einen Versuch ist es wert.«

Dann verließ er den Raum, um in seinem Büro zu telefonieren. Als er nach fünf Minuten zurückkam und sich wieder gesetzt hatte, sagte er: »Auch kleine Kinder merken sich Dinge, die sie als Erwachsene noch abrufen können. Also, es gab zu der Zeit zwei Küchenlehrlinge. An den Nachnamen des einen konnte sie sich nicht erinnern. Aber sie weiß immerhin, dass sein Vornahme Martin war. Und dieser Martin ist irgendwann 1969 verschwunden. Sie weiß allerdings nicht, was aus ihm geworden ist. Der zweite Lehrling war Peter Müller. Und dieser Peter Müller ist heute der Chefkoch im Hotel. Da Herr Müller heute gekocht hat und sich guter Gesundheit erfreut, ist er nicht unser Toter. Also läuft alles darauf hinaus, dass der andere Lehrling, Martin, der Tote ist. Und dieser Martin hatte aller Wahrscheinlichkeit nach auch die beiden Anhänger an sich genommen.«

Karin und Christian schauten sich an, während Nina Liebe sagte: »Ich denke, ich fahre noch mal schnell zum Hotel rüber, um mich mit Peter Müller zu unterhalten. Vielleicht weiß er etwas über den Verbleib dieses Martin.«

Schneider schüttelte mit dem Kopf: »Nein, Nina. Frau Bähr sagt, dass wirklich niemand etwas weiß. Sie hat Herrn

Müller auch nach dem Nachnamen Martins gefragt. Er wusste ihn nicht mehr.«

»Mist. Na, vielleicht fällt ihm der Name ja noch ein.«

Jetzt schaute Schneider den Pfarrer an und fragte ihn: »Wann sind Sie heute angereist?«

Christian rutschte auf seinem Stuhl herum und entgegnete knurrig: »Ich war am frühen Nachmittag schon mal im Hotel, um meine Sachen dort aufs Zimmer zu bringen. Danach bin ich zu Hermine, meiner leiblichen Mutter, gegangen, die Sie ja kennengelernt haben. Und dann bin ich zusammen mit ihr gegen 19.00 Uhr mit dem Taxi wieder ins Hotel gefahren.«

»Hat Sie, als Sie am frühen Nachmittag angekommen sind, jemand gesehen? Ich nehme an, dass Sie Ihren Schlüssel an der Rezeption geholt haben?«

»Ja, das nehme ich auch an«, gab er etwas ungehalten zurück. Diese Fragerei ging ihm auf die Nerven.

»Wer?«

»Keine Ahnung. Die junge Dame hat mir nicht ihren Namen verraten. Christiane war jedenfalls nicht da.«

»Und wie lang waren Sie im Hotel?«

»Ich denke, eine bis anderthalb Stunden. Ich habe mich nach der Fahrt ein wenig auf meinem Zimmer ausgeruht.«

»Allein, nehme ich an.«

»Ja, allein.«

»Könnte es sein, dass Sie im Hotel diesem Martin begegnet sind?«

Dieser Satz war Nina Liebe entschlüpft, die sich zwar nicht in die Vernehmung ihres Chefs einmischen wollte, es aber nicht aushielt, den Mund zu halten. Auf seine Reaktion war sie gespannt wie ein Flitzebogen.

»Könnte es sein, dass Sie sich in Ihrem jugendlichen Eifer etwas zusammen spinnen? Ich habe keine Erinnerung an den blöden Bengel, der mir vor über vierzig Jahren möglicherweise die Kette vom Hals gerissen hat. Und wenn der jetzt tot und einbetoniert im Kofferraum liegt, dann ist das zwar ärgerlich.

Aber mich damit in Verbindung zu bringen, ist eine dummdreiste Unterstellung, junge Dame!«

Schneider hob beschwichtigend die Arme, aber Nina stieß noch einmal nach. In einem Ton, der einem General zur Ehre gereicht hätte, konterte sie: »Aus irgendeinem Grund hat dieser Martin sich Ihnen zu erkennen gegeben, Ihnen vielleicht die Anhänger gezeigt, und dann hat es bei Ihnen Klick gemacht und Sie haben ihn als den Übeltäter, der Ihre Schwester damals überfallen hat, identifiziert und sind auf ihn losgegangen. Und als Sie dann merkten, was Sie angestellt haben, haben Sie den Körper beiseite geschafft. Und zwar nicht in Ihren eigenen Kofferraum, sondern in den von Herrn Spielmann.«

Mittlerweile hatte Christian vor Wut einen roten Kopf, stemmte seine Hände auf den Tisch und starrte die Kommissarin an: »Vielleicht hat es ja auch bei Ihnen Klick gemacht, weil Sie zu viele schlechte Krimis gesehen haben.« Dann haute er mit der Hand auf den Tisch und rief: »Himmel, Arsch und Zwirn!«

»Beruhige dich, Christian«, sagte Karin und nahm zärtlich seinen Arm und Schneider ergänzte in besonnenem Ton: »Das ist das Stichwort. Wir beruhigen uns jetzt alle wieder. Frau Liebe hat eine Theorie aufgestellt. Das ist alles. Wenn es so oder ähnlich gewesen sein sollte, werden wir es herausfinden. Wenn Sie etwas mit dem Tod des Mannes zu tun haben, wäre es allerdings am besten, Sie sagen es uns. Wenn Sie nichts damit zu tun haben, werden wir den Richtigen finden. Sie können jetzt gehen.«

Nina schaute ihren Chef missmutig an. Sie hätte ihre Theorie gern weiterverfolgt. So aufgeregt, wie der Typ war, hätte sie aus ihm ein Geständnis herausgeholt, vorausgesetzt allerdings, dass er wirklich der Täter war. Aber da war sie sich nicht sicher. Manchmal verwünschte sie ihren Chef. Diese sanfte Tour ging ihr gelegentlich ziemlich auf die Nerven. Auch jetzt fand er wieder liebenswerte Worte, um die beiden zu verabschieden, und alles löste sich in Harmonie und Wohlgefallen auf. Als die beiden den Raum verlassen hatten, schaute er Nina an wie Herrchen seinen ungezogenen Hund und meinte: »Manchmal übertreiben Sie, Nina.« Mehr brauchte er nicht zu sagen.

Dann betrat Antek Spielmann den Raum. Ninas Art und Weise, Verhöre zu führen, war für den einfühlsamen Schneider manchmal etwas zu polterig. Alte Herrschaften wie Karin und Christian behandelte man grundsätzlich etwas freundlicher und verbindlicher, als Nina es eben getan hatte. Nichts desto trotz war Nina in Verhören oft sehr erfolgreich. Um sie nicht zu verärgern, wollte er nun Antek Spielmann ihren Verhörkünsten überlassen. Er kannte Antek ja schon von einem anderen Fall, in dem er ein wichtiger Zeuge gewesen war und wusste, dass diesen fröhlichen Zeitgenossen Ninas Art sicherlich nicht aus den Latschen kippen ließ.

»Herr Spielmann, bitte sagen Sie uns frei heraus, wie die Leiche in Ihren Wagen gekommen ist.«

Bei diesen Worten hatte Nina ihr Kinn auf die Hand gestützt und lächelte den verdutzten Antek freundlich an.

»Verehrte Frau Liebe, ich weiß nicht, was Ihnen da entgangen ist. Hätten Sie mir vorhin im Hotel zugehört, dann würden Sie diese alberne Frage nicht stellen. Ich bin selbst am meisten darüber erstaunt, dass da eine Leiche in meinem Kofferraum lag.«

»Entschuldigung, aber jeder normale Mensch schließt sein Auto ab, wenn er es parkt. Und wenn er es einmal versehentlich nicht abschließt, wie sollte da jemand auf die Idee kommen, eine Leiche abzulegen? Es sei denn, es war verabredet, das Auto unverschlossen zu lassen, damit jemand den Mann da reinlegen konnte. Außerdem: Die Leiche muss ja gar nicht am Hotel in das Auto gelegt worden sein. Das könnten Sie auch zu Hause oder irgendwo anders getan haben.«

»Frau Liebe, ich weiß gar nicht, wie man so einen schönen Namen haben kann und dabei so penetrant und eklig ist. Noch einmal ganz langsam zum Mitschreiben: Ich habe niemanden umgebracht. Ich habe niemanden in den Kofferraum meines Wagens gelegt, weder tot noch lebendig. Ich kenne den Toten nicht. Mehr kann ich dazu nicht sagen.«

»Herr Spielmann, offenbar gibt es doch einige Leute, mit denen Sie auf Kriegsfuß stehen. Was war denn das für eine Sache mit dem Einbetonieren Ihres Autos? Vielleicht haben Sie Dutzende von Feinden, deren Frauen Sie vernascht haben. Wenn jemand keine Kosten und Mühen scheut, Ihren Wagen aus Rache zu zerstören, dann will Ihnen vielleicht auch mal einer ans Leder. Und Sie haben sich natürlich verteidigt, wobei der besagte Mann ums Leben gekommen ist. Also quasi in Notwehr.«

In der ihr eigenen Art hatte Nina sehr laut gesprochen. Ihr Sprachrhytmus war geradezu militärisch.

»Frau Liebe – oder soll ich lieber sagen: Frau General? – zunächst einmal brauchen Sie nicht so zu schreien, sonst bestehe ich darauf, dass Sie mir Ohrenschützer besorgen. Nun zum Inhalt Ihrer Spekulationen: Ich bin durchaus kein unbegabter Liebhaber, wenn ich das mal so sagen darf. Aber ich habe immer noch den Überblick. Es gibt nicht Dutzende von Liebhaberinnen, die ich ihren Männern   abspenstig gemacht habe. Und ich habe weder in Notwehr noch mit Absicht einen Menschen umgebracht. Ich habe überhaupt niemanden umgebracht.«

»Bitte sagen Sie uns, wo Sie heute überall geparkt haben und wann Sie Ihren Kofferraum zuletzt geöffnet haben.«

»Ich habe nur hier geparkt, weil ich direkt von Lautenthal aus zum Hotel gefahren bin.«

»Hatten Sie den Wagen über Nacht abgeschlossen?«

»Das weiß ich nicht. Ich bin manchmal etwas schlunzig.«

»Sind Sie ganz sicher, dass Sie den Mann noch nie   zuvor gesehen haben?«

»Ganz sicher.«

»Könnte es sein, dass …«

»Nein, das könnte nicht sein. Ich hab die Faxen dicke. Mir

fällt beim besten Willen nicht ein, wie ich Ihnen weiterhelfen soll. Wenn mir etwas einfällt, sind Sie die Erste, die es erfährt. Aber jetzt gehen Sie mir bitte nicht weiter auf die Nerven. Ich will jetzt zurück ins Hotel und mich betrinken. Und nun noch einmal zum Abschluss: Ich habe mit dem Tod des Mannes nichts, aber auch wirklich gar nichts zu tun!«

»Na, wenn Sie das sagen, dann glaube ich Ihnen natürlich«, sagte Nina nun betont leise und freundlich lächelnd.

»Sie können gehen. Aber bitte halten Sie sich zu unserer Verfügung. Sobald die Obduktion erfolgt ist, werden wir wohl noch einmal auf Sie zurückkommen. Denn es ist äußerst schwierig, keine Spuren zu hinterlassen. Wenn wir bei dem Mann auch nur einen winzigen Hautpartikel von Ihnen finden, sitzen Sie morgen wieder hier.«

»Fein. Es war mir ein Vergnügen, mich mit Ihnen zu unterhalten, liebe Frau Liebe.«

Antek setzte bewusst eine dümmlich grinsende Miene auf und reichte erst Nina und dann Herrn Schneider die Hand.

Nachdem Antek gegangen war, meinte Nina zu ihrem Chef: »Der hat mit der Sache nichts zu tun. Als nächstes sollten wir uns auf den Koch stürzen, diesen Herrn Müller.«

»Ja, Nina, aber nicht mehr heute. Die Kollegen haben ja im Hotel alle Leute befragt, derer sie habhaft werden konnten, ob sie etwas gesehen haben, auch den Koch. Ergebnis: null. Ich würde sagen, wir gehen morgen früh gleich ins Hotel, um uns mit Frau Bähr und Herrn Müller zu unterhalten. Außerdem brauchen wir unbedingt das Ergebnis der Obduktion, um zu erfahren, ob der Mann tot war, als man ihn im Kofferraum ablegte. Theoretisch muss der Mann ja gar nicht im Hotel gewesen sein. Er kann auch von der Straße aus in den Wagen gebracht worden sein. Haben die Kollegen eigentlich schon die Anwohner befragt, ob jemand etwas gesehen hat?«

Nina raufte sich die Haare und sagte dann genervt: »Das haben sie bestimmt noch nicht geschafft. Sie mussten ja erst mal die vielen Leute im Hotel befragen. Das ist ein merkwürdiger

Fall. Wenn dieser verrückte Kerl den Wagen nicht einbetoniert hätte, wäre die ganze Sache vielleicht nie herausgekommen.«

»Sagen Sie, Nina, haben sich die Kollegen bei unserem Betonfreund eigentlich erkundigt, woher er wusste, dass Antek Spielmanns Auto beim Hotel Bähr stand?«

»Nicht, dass ich wüsste. Nein, ich habe das Protokoll nur überflogen, weil ja gar keine Zeit war. Aber ich denke, an solche Details haben die Kollegen nicht gedacht, da der Mann ja voll geständig war.«

»Gut, dann müssen wir uns diesen Typen morgen auch noch mal vornehmen. Nicht, dass wir zu einseitig denken, und am Ende ist er unser Täter. Aber das macht erst Sinn, wenn das Obduktionsergebnis vorliegt.«

Es war spät geworden. Die beiden wünschten sich gegenseitig eine gute Nacht und machten sich auf den Heimweg. Schneider hatte das Bedürfnis, ein paar Stunden zu schlafen, um dann früh aufzustehen und mit den Dingen weiterzumachen, zu denen er heute nicht mehr in der Lage war.

* * *

Im Hotel Bähr ging es hoch her. Niemand aus der Gesellschaft wäre auf die Idee gekommen, sich zur Ruhe zu begeben. Es wurde wild spekuliert, wer den Mann in Anteks Auto gelegt hatte und ob er zu dem Zeitpunkt bereits tot gewesen war oder unter dem Beton erstickt ist. Dann kehrten Karin und Christian zurück, und eine halbe Stunde später Antek. Peter Müller, der Chefkoch, dessen Arbeit in der Küche erledigt war, kam mit einer großen Käseplatte und gesellte sich zu den Gästen. Er sah abgespannt aus. Das Lob, das er von einigen Anwesenden für sein gutes Essen kassierte, konnte seinen Gemütszustand auch nicht anheben. Da half nur noch ein ordentlicher Cognac, den er sich jetzt, als er neben Christiane saß, genehmigte. Gegenüber hatten Christian und Karin Platz genommen, die über das Gespräch bei der Polizei sinnierten und rätselten, was es mit den goldenen Anhängern auf sich hatte. Antek berichtete den Saufklever-Zwillingen am Kopfende des Tisches über das Verhör: »Die kleine Kommissarin ist so was von süß. Vor allem, wenn sie in ihrem Generalston spricht. Am liebsten hätte ich sie gefragt, ob sie die Nacht mit mir verbringt.«

Lilly unterhielt sich am anderen Kopfende des Tisches wieder mit Hermine, die aus dem unerschöpflichen Repertoire ihrer Liebesabenteuer eine Episode nach der anderen zum Besten gab. Der Vorfall mit dem einbetonierten Auto und der Leiche hatte sie offenbar nur am Rande interessiert. Nun berichtete Lilly über einen Bußgeldbescheid, den sie vor vielen Jahren wegen Erregung öffentlichen Ärgernisses erhalten hatte: »Ich sollte doch tatsächlich fünfzig Mark bezahlen, weil ich an einem einsamen Teich nackt gebadet hatte. Na, dem Staatsanwalt habe ich dann geantwortet, dass mein Körper kein öffentliches Ärgernis sei. Und ich wäre auch bereit, dies vor Gericht zu beweisen. Schließlich wurde das Bußgeld zurückgenommen mit der Begründung, dass dort gar keine Öffentlichkeit zugegen gewesen war, sondern dass es sich um Spanner handelte, die still und heimlich Leute beobachtet hatten, um diese dann zu denunzieren.«

Nun setzte sich Antek zu Amadeus, während Marie sich zu Lilly und Hermine gesellte. Antek drängte Amadeus, ihm etwas aus seiner Vergangenheit zu erzählen. Er hatte da mal von einem Vorfall gehört, der so urkomisch war, dass er die Begebenheit aus Amadeus´ Mund hören wollte. Aber dieser sträubte sich etwas.

»Na gut, wenn du mir versprichst, nicht zu lachen, dann erzähle ich es dir.«

»Versprochen.«

Und Amadeus erzählte mit einer gewissen Ernsthaftigkeit von einem Liebesabenteuer in seiner Jugend. Es war eine seiner ersten Eskapaden in dieser Hinsicht. Er war mit seiner Freundin im Wald und hatte es sich mit ihr auf einer Decke gemütlich gemacht. Es war absolut einsam. Sie hatten sich ihrer

Kleidung entledigt. Da es ihnen an dieser Stelle zu sonnig war, zogen sie hundert Meter weiter an ein schattiges Plätzchen, allerdings ohne ihre Kleider mitzunehmen. Soweit dachten sie in ihrem Rausch gar nicht. Als ihr Liebesspiel dann zu Ende war, suchten sie ihre Kleidung, wurden aber nicht fündig.

»Nichts, alles war weg«, sagte Amadeus. »Wir hatten nur noch die Decke, auf der wir gelegen hatten. Also hüllten wir uns, so gut es ging, darin ein. So nach Hause zu gelangen, zu zweit in eine Decke gehüllt, war natürlich ausgesprochen schwierig. Auf einem Waldweg war ein Auto zu sehen. Die Frau war wohl gerade im Begriff wegzufahren. Also rollte ich mich allein in die Decke ein, und meine Freundin verharrte zusammengekauert im Gebüsch. Ich ging auf die Frau zu und sagte *Bitte nicht erschrecken. Man hat uns unsere Kleider gestohlen. Könnten Sie bitte meine Tante anrufen, dass sie uns abholt und Sachen mitbringt?* Die Frau, sie mochte so Anfang fünfzig gewesen sein und hatte gerade Pilze gesammelt, war total erschrocken. Schnell setzte sie sich ins Auto. Ich stand neben dem Wagen und redete weiter und versuchte zu erklären: *Es ist alles ganz anders, als Sie denken. Bitte helfen…* Dann schlug die Dame die Autotür zu und fuhr in rasantem Tempo davon. In ihrer Panik hatte sie gar nicht bemerkt, dass ein Zipfel der Decke in der Autotür eingeklemmt war. Und innerhalb von einer Sekunde stand ich nackt da. Die Frau war panisch, ich war panisch und meine Freundin packte die kalte Wut angesichts von so viel Blödheit. Jetzt hatten wir gar nichts mehr, womit wir uns bedecken konnten. Es blieb uns nichts anderes übrig, als zu warten, bis es allmählich dunkel wurde und dann, mit Zweigen bedeckt, nach Hause zu schleichen. Wir entschlossen uns, zu Lillys Haus zu gehen, da sie ja relativ einsam wohnt und man nicht durch den ganzen Ort latschen muss. Lilly gab dem Mädchen etwas zum Anziehen und fuhr sie anschließend nach Hause. Sie wollte nie wieder etwas von mir sehen oder hören. Als Lilly wieder nach Hause kam, grinste sie wie ein Honigkuchenpferd, redete mit mir aber mit keinem Wort über den Vorfall.«

Antek brach in schallendes Gelächter aus, hatte Mühe, Luft zu holen, legte den Oberkörper auf den Tisch, prustete wie von Sinnen und brachte schließlich heraus: »Wie kann man nur so dämlich sein? Gegen dich sind Dick und Doof die reinsten Dilettanten«, sagte er nach Luft schnappend, um kurz danach in erneutes Gelächter auszubrechen. Alle schauten die beiden Männer an.

Amadeus sagte wütend: »Du hast mir versprochen, nicht zu lachen, du Armleuchter!«

»Das Versprechen breche ich gern. Wer da nicht lacht, bei dem stimmt doch etwas nicht.«

Amadeus und Marie wollten jetzt aufbrechen, weil sie die babysittenden Großeltern nicht länger mit ihrem Nachwuchs allein lassen mochten. Sie machten die Runde um den Tisch, um sich zu verabschieden. Als sie bei Lilly und Hermine angelangt waren, flüsterte Amadeus seiner Frau zu: »Das alte Törtchen scheint Lilly ja völlig in Beschlag genommen zu haben.«

Natürlich war Amadeus davon ausgegangen, dass die beiden alten Damen dies nicht mitkriegten. Aber Hermines Hörgerät war offenbar zu gut eingestellt. Also sagte sie, an Amadeus gewandt: »Wir alten Törtchen hören besser als man denkt, mein Junge.«

Amadeus bekam rote Ohren und verabschiedete sich freundlich, um mit einer entnervten Marie den Raum zu verlassen.

* * *

Den ganzen Abend, seit die Kriminalpolizei im Hotel aufgekreuzt war, sinnierte Christiane schon darüber nach, woher sie die beiden Goldanhänger kannte. Irgendwo hatte sie diese schon mal gesehen. Nur einmal, ganz kurz. Jetzt, wo sie neben ihrem Chefkoch Peter saß, machte es plötzlich klick. Sie wusste nicht mehr, wie lange es her war. Möglicherweise über ein Jahr.

Sie war in der Küche gewesen, und Peter hatte sich gebückt, um etwas aufzuheben. Da rutschten aus seinem weißen Hemd, bei dem die oberen Knöpfe geöffnet waren, diese Anhänger heraus. Und Christiane hatte noch gesagt *Oh, du trägst dein Gold am Körper.* Sie hatte, als Peter sie wieder ins Hemd steckte, gesehen, dass sie eine Gravur hatten. Dann hatte sie noch gesagt *Du trägst wohl die Andenken deiner Liebschaften direkt auf der Haut.* Peter hatte geantwortet *So ähnlich.*

Jetzt schaute sie Peter an und sagte: »Dir gehören die zwei Anhänger, die bei dem Toten im Kofferraum gefunden wurden.«

»Was? Ach, du spinnst ja.«

»Dann zeig mir doch die Anhänger, die du um den Hals trägst.«

»Die trage ich schon lange nicht mehr. Außerdem hatten sie eine andere Gravur.«

Er sagte dies so verunsichert, dass Christiane keinen Zweifel daran hatte, dass er log.

»Peter, hast du den Mann in den Kofferraum gesperrt? Hast du ihn umgebracht?«

Alle im Zimmer schauten jetzt auf Peter und Christiane. Es war so still, dass man eine Stecknadel hätte fallen hören. Peter wusste nicht, was er tun sollte. Die Wahrheit sagen und alles aufklären? Abhauen? Er hatte diesen bescheuerten Martin nicht umgebracht. Aber würde man ihm glauben, nachdem er tot aufgefunden war? War das überhaupt Martin? Er hatte ihn auf dem Foto nicht richtig erkannt. Aber wer sollte es sonst sein? Er war jetzt nicht fähig, wegzulaufen? Wohin auch? Und warum, wenn er doch nichts getan hatte? Also entschloss er sich, zu reden und alle hörten gespannt zu und sahen ihn an:

»Heute Nachmittag, nachdem ich das Personal in eine längere Pause geschickt hatte, kam ein Mann in die Küche. Ich hatte keine Ahnung, wer er war und wollte ihn hinaus komplimentieren. Da rückte er mit der Sprache raus und meinte, er sei Martin. Wir hatten vor ewigen Zeiten mal einen Martin als Lehrling. Der hat geklaut und musste dann die Lehre hier abbrechen. Ich war damals selbst erst im zweiten Lehrjahr. Er redete verworrenes Zeug und meinte, er sei gekommen, um abzurechnen. Ich hätte damals sein Leben zerstört. Ich war total überrascht und konnte mir auch keinen Reim darauf machen, wieso ich sein Leben zerstört haben sollte. Trotz Aufforderung war er nicht bereit zu gehen. Als ich ihn schließlich am Schlafittchen packen wollte, stand er plötzlich mit einer Pistole vor mir. Ich habe versucht, sie ihm aus der Hand zu schlagen. Es kam zu einem Handgemenge. Dabei riss er mir die Kette mit den Goldanhängern vom Hals und haute schließlich durch die Hintertür ab, die zum Parkplatz führt. Das war alles.«

Jetzt sprang Karin auf: »Dann sind Sie der Kerl, der mich damals überfallen hat! Wie sonst sollten Sie an meinen Anhänger gekommen sein?«

Auch Christian hielt es nicht mehr auf seinem Platz. Er ging um den Tisch herum auf den Koch zu und grollte: »Und gegen mich sind Sie auch handgreiflich geworden, als ich damals mit Thomas Bähr eine Auseinandersetzung hatte. Und bei der Gelegenheit haben Sie mir meine Kette vom Hals gerissen. Und vor einem Augenblick haben Sie noch behauptet, Sie wüssten nichts von den Anhängern, als Christiane Sie danach gefragt hat.«

Entnervt brüllend gab der Angesprochene zurück: »Aber es geht doch jetzt gar nicht um die scheiß Anhänger. Ich glaube, ihr wollt mir einen Mord in die Schuhe schieben. Aber damit habe ich nichts zu tun.«

»Moment mal.« Das war Christiane, die sich nun zu Wort meldete: »Jetzt fällt es mir wie Schuppen von den Augen. Als ich ein kleines Mädchen war, habe ich aus der Küchenkasse Geld geklaut. Dann habe ich mit den Sachen, die ich mir davon gekauft hatte, im Weinkeller gespielt. Auf einmal kam der dicke Koch, den wir damals hatten, zusammen mit dir und diesem Martin in den Keller. Ihr habt Martin misshandelt und herumgezerrt. Er sollte zugeben, dass er das Geld geklaut hatte. Dann habt ihr die Luke zum alten Eiskeller aufgemacht und den armen Kerl einfach da reingeschmissen. Ich hatte diese fürchterliche Geschichte total verdrängt, ja vergessen. Aber jetzt kommt alles wieder hoch. Ich dachte, ihr hättet ihn umgebracht. Aber anscheinend hast du ihn erst heute umgebracht, du Mörder.«

Christiane war aufgesprungen und zwei Schritte von Peter zurückgewichen. Dann redete sie weiter: »Statt dich bei Martin zu entschuldigen, machst du ihn einfach kalt, du alberner Marsch!«

Nun war genau das eingetreten, was Peter vermeiden wollte. Keiner glaubte ihm. Stattdessen stand er jetzt am Pranger, und man beschuldigte ihn des Mordes. Hilflos versuchte er, die Situation zu retten: »Aber so war es nicht. Der Koch hat ihn damals in den Eiskeller gesperrt. Aber anscheinend ist er da irgendwie wieder rausgekommen. Und heute war er wieder da und hat natürlich mich beschuldigt, weil der alte Chefkoch ja längst tot ist. Aber ich habe ihm nichts getan.«

Dann holte Antek Spielmann sein Handy heraus. Panisch zog Peter die Pistole, die er Martin vorhin abgenommen hatte, aus der Tasche und zielte erst auf Antek und ließ die Hand dann hin und her gleiten, auf jeden, der Anstalten machte, ebenfalls sein Handy herauszuholen.

»Wer jetzt versucht, anzurufen, den erschieße ich.«

Alle waren entsetzt, außer Hermine. Sie kramte seelenruhig in ihrer Handtasche herum und sagte: »Ich habe gar kein Handy. Dafür habe ich das.«

Plötzlich hielt sie Peter eine Pistole entgegen, der nun, völlig verunsichert, seine Waffe auf Hermine richtete. In diesem Moment schlug Christian, der inzwischen neben ihm stand, Peter mit aller Kraft von unten gegen den Arm, sodass die Pistole durch die Luft geschleudert wurde. Die Saufklevers und Antek stürzten sich auf Peter und zwangen ihn auf den Boden, während Christiane die Polizei anrief.

Christian, der seiner leiblichen Mutter und Patentante Hermine so einiges zugetraut hatte, konnte nicht glauben, dass

110

die alte Frau mit einer Waffe herumlief: »Sag mal, bist du übergeschnappt? Du kannst doch nicht mit einer Pistole durch die Gegend rennen.«

»Ich habe euch soeben das Leben gerettet, und dir fällt nichts Besseres ein, als mich herunterzuputzen. Dabei ist das noch nicht mal eine echte Waffe, sondern eine popelige Schreckschusspistole.«

Dann richtete sie die Waffe mit ausgestrecktem Arm nach oben und schoss. Der ohrenbetäubende Lärm ließ alle zusammenschrecken.

»Entschuldigung, aber das musste jetzt sein. Man hat ja sonst kaum Gelegenheit, mal zu schießen. Nächstes Mal stelle ich vorher allerdings mein Hörgerät aus.«

Ein paar Minuten später erschien ein größeres Aufgebot der Polizei und nahm Peter mit. Die Saufklever-Zwillinge schauten sich vielsagend an. Etwas, was sie lange verdrängt oder vergessen hatten, kam wieder hoch. Und nun wussten sie auch, dass dieser Kerl sogar ihre Mutter vor vielen Jahren überfallen hatte. Am liebsten wären sie ihm an die Gurgel gegangen. Aber dafür war es jetzt zu spät.

Goslar, 16. Februar 2014

Als Lilly am nächsten Morgen den Frühstücksraum betrat, unterhielt sich Antek gerade angeregt mit einem Herrn an seinem Tisch. Da es sonst sehr ruhig in dem Zimmer war, bekam Lilly einiges von dem mit, was ihr ehemaliger Schüler da mal wieder für einen Blödsinn von sich gab.

»Also, eigentlich bin ich ja ein Transvestit. Aber heute Morgen war es mir einfach zu lästig, all diese Klamotten und das Make-up anzulegen. Rasieren, Hose und Pullover an ist viel einfacher.«

Der sehr bieder wirkende Herr schaute sein Gegenüber stirnrunzelnd an, bevor er sich wieder mit seinem Brötchen beschäftigte. Ihm war die Unterhaltung sichtlich unangenehm. Dann kam Lilly an den Tisch, die heute ein knallrotes Kaschmirkleid trug, grüßte freundlich und setzte sich neben Antek. Der andere Mann hoffte nun, dass er endlich von Anteks Tiraden befreit war. Aber Lilly setzte noch einen drauf: »Na Antek, alte Transe, hattest du letzte Nacht Erfolg als vollbusige Lady?«

Unwirklich schaute der Herr gegenüber sie an und vergaß, in sein Brötchen zu beißen, das er gerade zum Mund geführt hatte.

»Sie müssen nämlich wissen, dass ich sein künstlerisches Engagement wohlwollend verfolge. Er war schließlich mal mein Schüler am Gymnasium. Und unmittelbar nach dem Abitur war er mein Liebhaber. Da war seine Veranlagung allerdings noch nicht so erkennbar.«

Nun wischte sich der Mann den Mund ab, warf die Serviette auf den Teller und verließ wortlos den Tisch.

Als er gegangen war, sagte Antek: »Fräulein Höschen, Sie werfen mir immer vor, ich sei albern. Darf ich mal fragen, wie man das nennen soll, was Sie gerade mit dem armen Mann gemacht haben?«

»Albern?«, gab sie zaghaft zurück. Dann mussten beide lachen. »Was hast du heute vor, Antek?«

»Ich denke, wenn die Polizei mich nicht mehr braucht, nehme ich mir einen Mietwagen und fahre nach Lau-tenthal. Und dann würde ich gern mal für ein paar Tage verreisen.«

»Wohin denn?«

»Ich weiß es noch nicht.«

»Oh, da wollte ich auch immer schon mal hin.«

* * *

Kommissar Schneider war gegen Mitternacht informiert worden, dass man den mutmaßlichen Mörder im Hotel Bähr gefasst hatte. Daraufhin fuhr er noch mal an seinen Arbeitsplatz, um den Mann zu vernehmen. Aber es kam absolut nichts dabei heraus. Peter Müller war derart aufgeregt, dass ein vernünftiges Gespräch nicht möglich war. Der Mann war fix und fertig. Also schickte er ihn in die Zelle und kam früh am Morgen wieder. Als Nina Liebe auftauchte, informierte er sie über das Geschehene. Dann beschlossen sie, zunächst mit den gestern Abend im Hotel Anwesenden zu reden und danach erst den Chefkoch zu vernehmen. Also rief er im Hotel an und kündigte an, dass sich alle zur Verfügung halten mögen, die den gestrigen Auftritt des Peter Müller miterlebt hatten. Christiane, die Hotelbesitzerin, hatte für diesen Zweck wieder den separaten Raum zur Verfügung gestellt. Als Schneider und seine Mitarbeiterin kurz nach neun eintrafen, waren bereits Christiane, die Saufklever-Zwillinge, Karin und Christian sowie Antek dort versammelt. Ein paar Minuten später traf Hermine ein, die ja zu Hause übernachtet hatte. Wer fehlte, war Lilly Höschen. Danach befragt, wo sie denn stecken könnte, meinte Christiane: »Es Lilly wollte noch schnell was erledigen.«

»Na gut«, sagte Schneider, »fangen wir schon mal an. Sie waren ja alle hier in diesem Raum. Es wäre mir lieb, wenn einer von Ihnen den Ablauf des Abends wiedergeben könnte. Wenn dann etwas vergessen wurde oder jemand etwas anders gesehen hat, kann das ja hinterher ergänzt werden. Das ist mir im Moment lieber als Einzelgespräche. Sonst sitzen wir heute Abend noch hier.«

Er schaute Christiane an, die dann auch bereitwillig erzählte: »Also, irgendwann so gegen elf, als das Restaurant geschlossen hatte, kam Peter, unser Chefkoch, mit einer Käseplatte und gesellte sich dazu. Das macht er manchmal. Er denkt ja sowieso, er sei hier der Chef. Mir ging die ganze Zeit durch den Kopf, wo ich diese scheiß Goldanhänger schon mal gesehen hatte. Und irgendwann ist der Groschen dann gefallen. Ich hatte diese Anhänger schon mal bei Peter gesehen. Und das habe ich ihm auch gesagt. Zuerst hat er abgewiegelt. Aber dann hat er es zugegeben. Dann hat Karin ihn damit konfrontiert, dass er wohl der Kerl gewesen sein muss, der sie 1969 überfallen hat. Christian war ganz aufgeregt. Schließlich hat er eine Geschichte erzählt. Gestern Nachmittag soll unser ehemaliger Lehrling Martin, der 1969 hier gearbeitet hat, in der Küche aufgekreuzt sein, um Rache zu nehmen. Der Peter hätte ihm angeblich sein Leben ruiniert. Peter, der zu der Zeit auch Lehrling gewesen ist, und der damalige Chefkoch, sollen den Martin in den Eiskeller geworfen haben. Das ist so eine alte Grube, die sich unter dem Weinkeller befindet. Der Martin war verletzt und konnte sich mit Müh und Not befreien. Er ist nie wiedergekommen und hat sein Leben seit diesem Vorfall nicht mehr auf die Reihe gekriegt. Und ausgerechnet gestern soll er in der Küche erschienen sein und den Peter bedroht haben. Mit einer Pistole. Es kam zu einer Rangelei; der Martin hat Peter die Kette mit den Anhängern vom Hals gerissen. Und der Peter hat dem Martin die Pistole, mit der er ihn bedroht hat, weggenommen. Dann hat er ihn aus der Hintertür, die zum Parkplatz führt, rausgeschmissen. Das hat er jedenfalls erzählt. Wir dachten natürlich, er lügt. Wie soll denn Martin in den Kofferraum gekommen sein? Jeder dachte natürlich, dass

Peter ihn umgebracht und dann in den Kofferraum gepackt hat. Und als er sich in die Enge getrieben fühlte, weil jemand von uns mit dem Handy die Polizei rufen wollte, holte Peter plötzlich die Pistole raus und hat gedroht, zu schießen.«

»Und wie haben Sie ihn dann überwältigt?«

Jetzt zeigte Christiane lächelnd auf die vierundneunzigjährige Hermine, die nun das Wort ergriff: »Ich dachte mir, was der kann, kann ich schon lange. Ich habe einfach aus der Handtasche meine Pistole herausgeholt und sie auf ihn gerichtet.«

Genau das tat sie jetzt wieder. Schneider rief: »Um Himmels willen! Legen Sie sofort die Pistole weg.«

Sie legte die Waffe auf den Tisch, und Nina griff danach.

»Seien Sie doch nicht so schreckhaft, junger Mann. Das ist nur eine Schreckschusspistole. Jedenfalls hat sie ihren Zweck erfüllt. Dieser Koch war derart verdutzt und abgelenkt, als ich das Teil herausholte, dass mein tapferer Christian dem Kerl die Waffe aus der Hand schlagen konnte. Und damit war der Fall erledigt.«

»Mein Gott, das hätte auch ins Auge gehen können.«

»Ist es aber nicht«, piepste Hermine dem Kommissar zurück.

* * *

Lilly befand sich in der Zwischenzeit in dem Haus hinter dem Hotel, aus dem gestern die alte Dame geschaut hatte. *Wenn sie länger dort am Fenster gewesen sein sollte, müsste sie eigentlich am besten mitgekriegt haben, was sich auf dem   Hotelparkplatz abgespielt hat*, dachte sie. Es dauerte etwas, bis die alte Dame im ersten Stock die Tür öffnete. Sie sah recht zerbrechlich aus und stützte sich auf einen Rollator. Aber was Lilly vor allem wahrnahm, waren zwei hellwache, blaue Augen und ein verschmitztes Lächeln. Sie hatte Lilly wiedererkannt und bat sie herein. Was Lilly dann in der nächsten halben Stunde erfuhr, war sehr aufschlussreich. Sie würde gleich Kommissar Schneider darüber informieren. Der konnte der alten Dame dann auch selbst noch einen Besuch abstatten, um die Informationen aus erster Hand zu bekommen. Nach der Unterhaltung bestand die Dame jedoch darauf, dass Lilly mit ihr einen Sherry trank, was sie sehr gern tat. Dann erzählte sie aus ihrem Leben und mokierte sich über ihren Gatten: »Mein Mann sitzt ja den ganzen Tag vor der Glotze, seitdem er nicht mehr arbeitet.«

»Ich dachte, Sie sind alleinstehend«, antwortete Lilly.

»Ach ja, bin ich ja auch. Mein Mann ist ja schon lange tot. Das vergesse ich manchmal. Ich bringe die Zeiten gelegentlich etwas durcheinander und denke dann, er sitzt immer noch nebenan und schaut fern. Aber das hat den Vorteil, dass ich nicht allein bin.«

Jetzt fing Frau Rosentreter an zu lachen und Lilly stimmte ein. Die Dame war sicherlich etwas tüttelig, aber das änderte nichts an dem, was sie gestern beobachtet hatte. Das hatte sie sich mit Sicherheit nicht eingebildet.

»Man hat ja in meinem Alter und angesichts meiner mangelnden Beweglichkeit nicht mehr viel Gelegenheit, angenehmen Besuch zu empfangen. Die alten Freunde sterben weg und neue lernt man nicht kennen, weil man fast immer im Haus ist.«

Fröhlich lächelnd ging Lilly zurück zum Hotel.

* * *

Währenddessen befand sich Amadeus in seiner Firma Beermann Consult, ein paar hundert Meter vom Hotel Bähr entfernt. Ihm gegenüber am Besprechungstisch saß ein recht konservativer, hanseatisch geprägter Herr. Amadeus erläuterte seinem Klienten ein umfangreiches Vertragswerk. Nachdem alle Fragen geklärt waren, trank man noch einen Kaffee und hielt etwas Smalltalk.

»Also, was einem so alles passieren kann«, sagte der Mann zu Amadeus. »Da sitze ich heute Morgen im Frühstücksraum des Hotels zusammen mit einem Herrn am Tisch, der eigentlich einen ganz netten Eindruck machte. Er mag so um die vierzig gewesen sein. Und aus heiterem Himmel fängt er an, mir allerlei absurde Geschichten zu erzählen. Eigentlich sei er ja ein Transvestit und so weiter und so fort. Am liebsten wäre ich aufgestanden. Kurz darauf setzt sich eine ältere Dame neben diesen Herrn. Die beiden kannten sich offenbar. Und da fängt diese Frau auch noch an, solche Sachen zu erzählen. Sie redet den Mann mit *alte Transe* an und erzählt mir, dass Antek, so hieß der Mann, wohl mal ihr Schüler gewesen sein soll. Und der Gipfel ist, dass sie mit ihrem Schüler angeblich ein Liebesverhältnis gehabt hat. Also, da hat er mir allerdings gereicht und ich habe das Frühstück abgebrochen.«

Amadeus hatte Angst, rot zu werden. Er zitterte innerlich und dachte: *Oh, Tante Lilly! Manchmal treibst du es einfach zu weit. Wenn der Mann wüsste, dass du meine nächste Verwandte bist...*

Als Lilly den Raum im Hotel betrat, in dem die Zeugen vernommen wurden, schaute Kommissar Schneider ganz erstaunt auf und sagte: »Guten Morgen, Fräulein Höschen. Ich hatte gehofft, Sie auch hier anzutreffen.«

»Guten Morgen. Na, jetzt treffen Sie mich ja an. Ich denke, dass Sie in der Zwischenzeit auch ohne mich zurechtgekommen sind.«

»Ja, Sie werden gestern Abend auch nichts anderes erlebt haben als die anderen Herrschaften.«

»Das ist richtig. Aber viel interessanter ist ohnehin, was sich vorher ereignet hat. Ich habe gerade eine Dame besucht, die gestern Nachmittag genau beobachtet hat, was auf dem Parkplatz passiert ist. Sie sollten sich schleunigst auf den Weg machen und die Dame aufsuchen. Sie wird Ihnen erzählen, dass es nicht etwa der Koch war, der den armen Menschen in den Kofferraum gesperrt hat. Wenn Sie also meinen, Sie hätten den Täter, dann muss ich Sie enttäuschen. Es handelt sich nämlich um eine Täter*in*. Allerdings möchte ich gleich voranstellen, dass nicht ich diese Person bin, nur weil ich gestern auch auf dem Parkplatz war.«

Schneider war durch verschiedene andere Fälle, in die Lilly ebenfalls verstrickt gewesen war, schon einiges gewöhnt. Aber jetzt schaute er sie nur fassungslos an und stammelte: »Dass Sie nicht die Täterin sind, beruhigt mich ungemein. Ich traue Ihnen ja allerhand zu, aber das nun wirklich nicht. Aber, nun sagen Sie mir, welche Dame haben Sie besucht? Und warum? Wieso kommt diese Zeugin nicht zu uns?«

»Das sind drei Fragen auf einmal, Herr Schneider. Erstens: Die Dame heißt Emma Rosentreter und wohnt in dem Haus schräg hinter dem Parkplatz. Sie verlässt ihre Wohnung kaum noch, weil sie körperlich nicht dazu in der Lage ist. Zweitens: Warum ich Sie besucht habe… Tja, ich sah die alte Dame gestern nach dem Vorfall mit dem Betonmischer und dachte mir, es kann ja nicht schaden, sie mal zu besuchen. Vielleicht saß sie ja schon viel länger am Fenster und hat auch noch andere interessante Dinge mitbekommen. Und drittens: Warum Frau Rosentreter nicht die Polizei kontaktiert hat, müssen Sie sie schon selber fragen. Allerdings sei zur Ehrenrettung der Polizei gesagt, dass vor mir schon zwei Polizisten bei ihr geklingelt haben, wie ein Nachbar beobachtet hat. Aber da konnte sie nicht öffnen, weil sie gerade im Bad war.«

Schneider zog eine krause Stirn und entgegnete: »Vielen Dank, Fräulein Höschen. Ich denke, dass wir hier fertig sind. Allerdings brauchen wir von allen noch Protokolle. Denn auch, wenn der Koch nichts mit dem Tod des Mannes im Kofferraum zu tun haben sollte, so hat er Sie gestern hier mit einer Waffe bedroht. Bitte kommen Sie heute Nachmittag oder morgen bei uns vorbei. Es wird dann jemand da sein, der Ihre Aussagen aufnimmt.«

Dann öffnete sich die Tür, und ein Mann von etwa Anfang sechzig betrat den Raum.

»Guten Tag. Entschuldigen Sie die Störung. Ich suche Peter Müller, den Koch. In der Küche sagte man mir, er sei verhaftet worden und die Polizei sei hier.«

Kommissarin Nina Liebe ging auf den Mann zu, zeigte ihren Dienstausweis und fragte: »Und wer sind Sie?«

»Ich bin Martin Bösch. Ich hatte gestern eine Auseinandersetzung mit Herrn Müller in der Küche. Und heute Nacht, als ich vor Aufregung nicht schlafen konnte, habe ich mich unsäglich über mein Benehmen geärgert. Ich wollte die Sache eigentlich ins Reine bringen.«

Alle starrten den Mann an und Christiane sagte: »Du bist der Lehrling von damals, den der Chefkoch und der Peter in den Eiskeller geschmissen haben.«

»Woher wissen Sie das? Kennen wir uns?«

»Ich bin Christiane, die Tochter von Thomas Bähr. Ich habe damals alles beobachtet.«

»Du bist die kleine Christiane? Und du hast alles gesehen?«

»Ja, ich war ein kleines Kind und habe mich im Weinkeller versteckt. Aber du hast ja wohl einen auf der Latte. Kommst nach so vielen Jahren zurück, um dich an Peter zu rächen. Und ich stehe jetzt ohne Koch da, weil der Kerl genauso dämlich ist wie du und mit einer Waffe rumfuchtelt. Und wer soll jetzt kochen? Soll ich meinen Gästen vielleicht Gehacktesklümp vorsetzen?«

Jetzt wurde es Schneider zu viel und er musste erst mal ein Machtwort sprechen: »Also, hier geht mir jetzt zu viel durcheinander. Für Küchengespräche haben wir keine Zeit. Fräulein Höschen geht los und verhört die vielleicht wichtigste Zeugin. Dabei findet sie heraus, dass eine bisher unbekannte Frau die Täterin sein soll. Dann kommt der totgeglaubte Martin Bösch quicklebendig hereingeschneit. Frau Bähr redet von einem Verbrechen, das vor über vierzig Jahren an Herrn Bösch verübt worden ist. Sie, Herr Bösch, sollen gestern Herrn Peter Müller mit einer Waffe bedroht haben. Und Herr Müller hat wiederum die hier anwesenden Herrschaften mit eben dieser Waffe in Schach gehalten. Das alles zu entwirren ist ja eine Arbeit, die einen ins Irrenhaus treiben kann. Hinzu kommt noch die Frage: Da Herr Bösch wider Erwarten lebt, wer ist dann unser Toter im Kofferraum?«

»Eins nach dem Anderen«, mischte sich nun Nina Liebe ein und bemühte sich, an Schneider gewandt, leise zu sprechen: »Ich schlage vor, Herr Bösch kommt heute Nachmittag zu uns, damit wir ihn als Zeugen wie auch hinsichtlich seines gestrigen Übergriffs vernehmen können.«

Jetzt sah sie Bösch an: »Denn wenn Sie Herrn Müller gestern wirklich mit einer Waffe bedroht haben, dann ist das eine ernste Angelegenheit. Da Sie hier aufgetaucht sind, nehme ich an, dass Sie sich in der Zwischenzeit nicht verdünnisieren?«

»Nein, auf keinen Fall.«

»Gut. Dann schlage ich des Weiteren vor, Herr Schneider, dass wir beide uns jetzt schleunigst zu der alten Dame begeben, um zu erfahren, wer wen und wer wen nicht in den Kofferraum des Autos von Herrn Spielmann gesperrt hat.«

Genau diese klare Ansage hatte Schneider jetzt gebraucht. Er bewunderte das generalstabsmäßige Denken seiner Mitarbeiterin und erwiderte in fast militärischem Ton: »Jawoll, so machen wir es.«

* * *

Nun machten sich die beiden Kommissare auf den Weg zu der alten Dame im Nachbarhaus hinter dem Hotel. Da klingelte Schneiders Handy. Er blieb stehen und hörte zu, was ihm von einem Mitarbeiter vorgelesen wurde. Dann beendete er das Gespräch und sagte zu Nina: »Das vorläufige Ergebnis der Obduktion des Toten ist da. Er ist erstickt. Außer einer kleinen Beule am Kopf und Abschürfungen an den Beinen, was beim Hineinbugsieren in den Kofferraum passiert sein dürfte, gibt es keine Verletzungen.«

»Wenn wir doch bloß mit der Identität des Toten weiterkämen«, antwortete Nina. »Warum hatte der Mann nichts bei sich? Ich denke, wir müssen heute unbedingt noch mit dem Betonmischer sprechen. Irgendwie ist da was faul.«

»Das machen wir, wenn wir mit Frau Rosentreter fertig sind.«

Besagte Dame saß wieder am Fenster im ersten Stock des Hauses. Schneider winkte ihr zu, und sie öffnete das Fenster. »Guten Tag, wir sind von der Kriminalpolizei. Dürfen wir hereinkommen?«

Frau Rosentreter freute sich über das Interesse an ihrer Person. Vorhin die Dame und jetzt kamen gleich zwei Kriminalkommissare. Nachdem man sich vorgestellt und in dem heimelig eingerichteten Wohnzimmer Platz genommen hatte, bat Schneider sie, einfach zu erzählen, was sie gestern von ihrem Fenster aus auf dem Hotelparkplatz beobachtet hatte.

»Also, zuerst stürmte ein Mann aus der Küchentür des Hotels auf den Parkplatz. Als er zu dem dunkelgrünen Auto kam, drehte er sich noch einmal um und erhob drohend seine Faust. Dann stellte er wohl fest, dass er etwas in der Hand hatte und guckte ganz erstaunt. Und warf das, was in seiner Hand war, auf den Boden. Natürlich konnte ich nicht erkennen, um was es sich handelte. Es war etwas Glänzendes, vielleicht ein Schmuckstück. Aber das kann ich nur vermuten. Dann ging er schnellen Schrittes davon. Etwa zehn Minuten später kam ein Mann, er mochte auch so um die sechzig gewesen sein, von der Straße aus auf den Parkplatz. Er sah sich das grüne Auto an und öffnete es.«

»Hat er es mit einem Schlüssel geöffnet?«, wollte Nina wissen.

»Das habe ich nicht gesehen. Ich meine, nein.«

»Es gibt doch diese Schlüssel, wo man nur *klick* macht.«

»Das ist mir bekannt. Ich bin zwar alt, aber nicht von einer anderen Welt. Aber ich habe kein klick gehört, obwohl ich da gerade das Fenster offen hatte. Ich habe nur gesehen, dass er die Fahrertür geöffnet und dann wohl im Handschuhfach gewühlt hat. Dann hat er die Tür wieder zugemacht und den

Kofferraum geöffnet – und zwar ohne Schlüssel und ohne *klick* oder *klack*. Danach hat er seine Tasche auf den Boden hinter dem Auto abgestellt. Und dabei muss er wohl gesehen haben, was der Mann vorher dort hingeworfen hatte. Also hat er es aufgehoben und sich angesehen. Und just in diesem Moment kam eine Frau von der Straße her, griff dem Mann von hinten in die Beine und bugsierte ihn in den Kofferraum. Das ging so schnell, dass der Mann gar nicht reagieren konnte. Und plumps, haute sie den Kofferraumdeckel zu. Die Frau schaute sich um, ob jemand etwas gesehen hatte. Da war aber niemand. Dann sah sie die Tasche, die der Mann hinter dem Auto abgestellt hatte, nahm sie und ging rüber zum Müllcontainer, wo sie sie hineinwarf. Und nach ein paar Sekunden war die Frau Richtung Markt verschwunden.«

Jetzt musste Schneider erst einmal sortieren. Mit einer derart detaillierten Aussage hatte er nicht gerechnet. Aber Nina kam ihm mit ihrer Frage zuvor: »Was war das für eine Frau? Wie sah sie aus? Wie alt war sie?«

»Es war eine sehr elegant gekleidete Dame mit einem mittellangen schwarzen Mantel und dem passenden Hut dazu. Sie mochte vielleicht um die dreißig gewesen sein.«

»Könnten Sie die Frau beschreiben? Ich meine, in solchen Fällen machen wir gern ein Phantombild.«

»Nein, so gute Augen habe ich nun auch nicht, dass ich Ihnen das Gesicht beschreiben könnte. Ich weiß nur, dass sie relativ jung aussah.«

»Und der Mann, der im Kofferraum verschwand?«
»Ein Mann um die sechzig, ein eher nichtssagender Typ.«

»Und der erste Mann, der vorher etwas auf den Boden geworfen hatte?«

»Der mochte auch so um die sechzig gewesen sein. Relativ groß und mit einer Winterjacke bekleidet.«

»Und wie ging es dann weiter? Ich meine, der Mann war nun im Kofferraum und die Frau war verschwunden…«

»Ich war aufgeregt und wusste gar nicht, was ich machen

sollte. Zuerst wollte ich das Telefon holen, aber dann kam schon diese nette, alte Dame, Fräulein Höschen, die vorhin hier war. Kaum hatte sie ihren Wagen geparkt und wollte weggehen, da fuhr bereits der Betonmischer vor und hat seine Ladung auf das Auto abgelassen. Ich dachte schon, jetzt sehe ich Gespenster. Wer tut denn so etwas? Dann kam ein Mann aus dem Hotel, der sich mit Fräulein Höschen unterhielt. Es kamen noch ein paar andere Leute aus dem Hotel gerannt. Und kurz danach traf die Polizei ein und hat die Leute befragt. Ich habe den Polizisten zugewinkt, aber zuerst haben sie mich wohl nicht gesehen. Irgendwann hat einer zurück gewinkt. Der dachte wohl, ich wäre so eine verrückte Alte, die sich wichtig-machen will. Da war mein Bedarf gedeckt und ich wollte mich zurückziehen. Dann kam Fräulein Höschen hier am Haus vor-bei und hat mir freundlich zugelächelt. Und da dachte ich, dass jetzt alles erledigt sei. Sie würden den Mann schon aus dem Kofferraum herausholen.«

»Gut, Frau Rosentreter. Das hat uns sehr geholfen. Wenn wir noch Fragen haben, müssen wir wiederkommen.« Sie ver-abschiedeten sich von der alten Dame und lehnten den ange-botenen Sherry dankend ab. Dann gingen sie rüber zum Park-platz und wühlten im Müllcontainer herum. Und tatsächlich angelte Schneider die Tasche heraus, von der Frau Rosentreter gesprochen hatte.

Wieder zurück in der Dienststelle, packte eine Frau von der Spurensicherung die kleine Umhängetasche aus. Sie enthielt neben dem unwesentlichen Kleinkram vor allem ein Portemonnaie und eine Brieftasche mit Personalausweis, Füh-rerschein und Kreditkarten. Der Mann hieß Paul Seebrandt und wohnte in Braunschweig. Sie fanden heraus, dass er al-leinstehend war und für eine Detektei arbeitete. Innerhalb von zwei Stunden brachten die eingeschalteten Kollegen in Braun-schweig in Erfahrung, dass Seebrandt im Auftrage der Firma arbeitete, in der Antek Spielmann einst tätig gewesen war. Man vermutete, dass sich in seinem Besitz Unterlagen befänden, die eigentlich dieser Firma gehörten.

»Jetzt müssen wir uns noch einmal Herrn Spielmann vornehmen und anschließend unseren Betonmischfreund«, sagte Schneider. »Theoretisch könnte es ja sein, dass Spielmann wusste, dass man ihm auf der Spur ist. Und da hat er diese ominöse Dame beauftragt, den Herrn Detektiv zu entsorgen.«

Nina grinste ihren Chef dreist an und konterte:

»Und dann hat er auch gleich noch den Betonmischer bestellt, um ihn umzubringen? Also, da gibt es sicherlich dezentere Möglichkeiten, einen Menschen aus dem Weg zu räumen.«

»Nina, Sie haben den Schalk im Nacken. Also, lassen Sie Herrn Spielmann kommen. Und bestellen Sie auch gleich den Betonfritzen her, damit wir hier im fliegenden Übergang weiterkommen.«

Nina holte tief Luft und tat, worum ihr Chef sie gebeten hatte. Dann kam sie zurück mit einer Tüte Croissants und zwei Tassen Kaffee. Sie setzen sich an Schneiders Besuchertisch, um sich bis zur Vernehmung von Antek Spielmann ein paar Minuten zu erholen.

»Und was machen wir jetzt mit Peter Müller?«, fragte Nina Liebe.

»Wenn er das Geständnis über sein gestriges Verhalten unterschrieben hat, sollten wir ihn gehen lassen. Mit dem Tod des Kofferraum-Mannes hat er nichts zu tun. Und für die Bedrohung der Abendgesellschaft mit der Waffe wird ihm der Staatsanwalt den Prozess machen. Dieser Nebenschauplatz interessiert mich jetzt nur peripher.«

Dann klopfte es an der Tür und nach einem unwirsch gebrüllten Herein von Nina betrat Rechtsanwalt Schmidtke das Zimmer. Die beiden Kommissare kannten ihn seit Jahren. Nach einer freundlichen Begrüßung informierte er Schneider und Liebe, dass er Herrn Peter Müller vertrete. Der Hauptkommissar blockte gleich ab und sagte: »Herr Schmidtke, Sie können Ihren Mandanten gleich mitnehmen. Er soll nicht über Los gehen, keine viertausend Mark bekommen und sich direkt zum Hotel begeben, wo er sehnsüchtig erwartet wird, damit er anfängt zu kochen.«

Schmidtke, ein sehr konservativ wirkender Mann von Anfang vierzig, fing an zu lachen.

Kurz darauf traf Antek Spielmann ein. Die beiden Kommissare kannten ihn bereits als Zeugen aus einem anderen Fall. Auch wenn Nina Liebe ihn gestern ziemlich hart angegangen war, waren die Kriminalisten davon überzeugt, dass er mit dem Toten in seinem Auto nichts zu tun hatte. Trotzdem wollten sie der Vernehmung einen offiziellen Anstrich geben und gingen daher in einen Verhörraum. Antek setzte sich betont lässig auf den Stuhl, stützte beide Ellenbogen auf den Tisch und zwinkerte Nina breit grinsend zu: »Liebe Frau Liebe, lieber Herr Schneider, so sehr ich auch Ihre Gesellschaft schätze, allmählich geht mir das alles unsagbar auf die Nerven. Ich wollte heute eigentlich nach Lautenthal fahren. Aber wie es aussieht, kann ich mir hier in Goslar gleich ein Zimmer auf Dauer nehmen.«

»Na, wir wollen mal sehen«, antwortete Schneider und Nina legte los in der ihr eigenen, etwas übertriebenen Lautstärke: »So, Herr Spielmann, jetzt mal Butter bei die Fische.«

Antek verzog das Gesicht und deutete auf seine Ohren. Daher sprach sie etwas leiser weiter: »Der Tote in Ihrem Auto hieß Paul Seebrandt, war Privatdetektiv und hat Sie im Auftrage Ihrer alten Firma bespitzelt, weil man dort der Meinung ist, dass Sie Konstruktionspläne haben mitgehen lassen. Und diese Pläne hat er wohl auch in Ihrem Auto gesucht. Was sagen Sie dazu?«

»Also, zunächst einmal bin ich erstaunt, ja geradezu verblüfft. Ich habe ja voriges Jahr meine Stelle in Braunschweig fristlos gekündigt und dem Geschäftsführer gesagt, dass er mich am Arsch lecken kann und dass er die grottenhässlichste Frau hat, die ich kenne. Seitdem bin ich bei diesem tollen Unternehmen in Krakau beschäftigt, wo es mir gelang, meiner vorigen Firma den einen oder anderen Auftrag wegzuschnappen. Dazu benötige ich aber nicht irgendwelche alten Konstruktionspläne, sondern nur das, was ich im Kopf habe. Und das ist mein persönliches Eigentum. Es ist klar, dass besagter Geschäftsführer sich ein Loch in den Arsch ärgert. Wenn er etwas gegen mich in der Hand hätte, wäre er zur Polizei gegangen oder hätte einen Zivilprozess angestrengt. Hat er aber nicht. Da kann ihm auch kein Detektiv helfen. Der Mann leidet einfach unter Verfolgungswahn.«

»Könnte es sein, dass Sie die Bespitzelung bemerkt haben und sich dann dieses Mannes entledigen wollten?«

»Wenn ich mich eines Menschen entledigen wollte, würde ich ihn nicht in den Kofferraum meines Autos werfen. Und ich würde erst recht keinen Betonmischer bestellen, der den Mann und mein schönes Auto einbetoniert.«

»Sie müssten es ja nicht selbst tun. So etwas kann man auch bestellen.«

»Ja, natürlich, Frau Liebe. Man kann auch einen Heißluftballon bestellen, der den Detektiv kidnappt und ihn dann in die Okertalsperre wirft. Man kann auch einen Zirkusclown bestellen, oder besser noch Amadeus, der solche Faxen macht, dass sich der Detektiv totlacht.«

»Herr Spielmann, angesichts des tragischen Todes dieses Mannes sind Ihre Bemerkungen nicht angemessen. Sie sind albern.«

»Ich weiß. Aber Ihre haarsträubenden Theorien sind ohne ein gewisses Maß an Albernheit nicht zu ertragen.«

Als Schneider und Liebe merkten, dass Antek mit an Sicherheit grenzender Wahrscheinlichkeit nichts mit der Sache zu tun hatte, ließen sie ihn wieder gehen. Natürlich war dieses Gespräch notwendig gewesen. Aber er war nicht ihr Mann.

»Gut, dann fahre ich heute nach Lautenthal. Die Adresse kennen Sie ja. Ich bin dort in den nächsten Tagen noch zu erreichen, nur für den Fall, dass Ihnen noch weitere Verbrechen einfallen, derer Sie mich bezichtigen wollen.«

Jetzt musste auch Schneider schmunzeln und sagte: »Bitte richten Sie Ihrer Mutter und Ihrer Großmutter herzliche Grüße von mir aus.«

»Gerne. Meine Großmutter hat Sie ohnehin ins Herz geschlossen.«

Schneider hatte in einem anderen Fall, in dem Antek als Zeuge aufgetreten war, lange Gespräche mit dessen Großmutter geführt. Diese stammte aus Silbernaal, dem damaligen Ort des Geschehens, und konnte Licht in eine Sache bringen, die Jahrzehnte zurücklag. Dank ihres Erinnerungsvermögens war man schließlich auf die richtige Spur gekommen.

Vor der Tür wartete bereits der „Betonspezialist". Mit richtigem Namen hieß er Gerhard Polenz, war vierundvierzig Jahre alt und erfolgreicher Unternehmer eines   Betriebes mit fünfzehn Angestellten. Schneider begrüßte ihn und nahm ihn mit ins Vernehmungszimmer, wo Nina Liebe noch saß.

»Ich weiß gar nicht, warum ich hier bin. Ich habe doch Ihren Kollegen, die bei mir waren, alles gesagt. Ich bin schuldig. Ich habe das Auto dieses Lackaffen einbetoniert. Ich muss ihm den Schaden ersetzen. Ich nehme die Strafe auf mich und Schluss.«

»Dass Sie mit Ihrer Aktion einen Menschen umgebracht haben, ist Ihnen auch klar?«, fragte jetzt Nina.

»Was ist los? Was reden Sie da für ein Zeug?«

»Im Kofferraum des von Ihnen einbetonierten Fahrzeugs befand sich ein Mann. Und laut Obduktion war er, bevor Sie den Beton über das Auto kippten, höchst lebendig. Durch Ihre Aktion ist er erstickt.«

Jetzt verschlug es dem Mann die Sprache. Schneider und seine Mitarbeiterin schwiegen, um seine Reaktion zu beobachten. Nach zehn Sekunden hatte er sich wieder so weit im Griff, dass er etwas sagen konnte: »Aber wieso war da jemand im Kofferraum? Da kommt doch kein normaler Mensch drauf.«

»Normale Menschen betonieren auch keine Autos ein«, entgegnete Nina.

»Aber das konnte ich doch nicht wissen.«

Jetzt schaltete sich Schneider ein: »Das ist ja gerade die Frage. Wenn Sie es doch wussten, war es Mord. Und selbst wenn Sie es nicht wussten, kommen Sie nicht ungeschoren davon. Denn durch Ihre Aktion ist ein Mensch gestorben, und zwar auf eine besonders grausame Art. Wenn der Staatsanwalt es gut mit Ihnen meint, kommen Sie mit fahrlässiger Tötung davon. Vielleicht denkt er aber auch über gefährliche Körperverletzung mit Todesfolge nach. Aber uns geht es zunächst einmal darum, wer diesen Mann in den Kofferraum gesperrt hat.«

»Ich jedenfalls nicht.«

»Was ist eigentlich mit Ihrer Frau? Ihr Fremdgehen mit Herrn Spielmann hat doch erst zu dieser Aktion geführt.«

»Meine Frau ist vor ein paar Tagen abgehauen.«

»Wissen Sie, wo sie ist?«

»Nein. Aber ich vermute, sie ist bei einer Freundin.«

»Dann schreiben Sie bitte Namen und Anschrift dieser Freundin auf. Wir müssen Ihre Frau dringend sprechen.«

Er nahm den Block und den Kugelschreiber, den Nina ihm hinschob und schrieb, während Schneider weiter fragte: »Woher wussten Sie eigentlich, wo sich das Auto von Herrn Spielmann befand?«

Polenz druckste etwas herum und sagte dann: »Ich habe einen Privatdetektiv beauftragt, meine Frau zu überwachen. Ich wollte sie und diesen Fatzken in flagranti erwischen. Nachdem sie mich verlassen hatte, beauftragte ich den Detektiv, herauszufinden, wo dieser Spielmann steckt. Er begab sich also nach Lautenthal und sah, wie er gerade wegfuhr. Er rief mich an und teilte mir mit, dass er nach Goslar gefahren sei und sein Auto auf dem Hotelparkplatz abstellte. Eigentlich wollte ich ihn ja zur Rede stellen. Aber da meine Frau sowieso abgehauen war, packte mich die kalte Wut. Ich habe den Betonwagen genommen und bin zum Hotel gefahren. Es war ein Hochgenuss für mich, dieses scheiß Auto einzubetonieren.«

»Mit den bekannten Folgen.«

»Aber wer rechnet denn mit so etwas?«

»Gut, Herr Polenz, ich will Ihnen keine Moralpredigt halten. Dafür ist dann irgendwann das Gericht zuständig. Die Sache geht zur Staatsanwaltschaft. Sie werden von dieser irgendwann Post bekommen. Jetzt geben Sie mir noch Namen und Adresse des Detektivs, und dann können Sie nach Hause gehen.«

Als Schneider mit Nina in seinem Zimmer war, bat er sie, die Frau ausfindig zu machen und schnellstens herbeizuschaffen. Vielleicht war das ihre Kandidatin, die die alte Dame vom Fenster aus beobachtet hatte. Frau Polenz war tatsächlich bei besagter Freundin.

»Sie wohnt in Seesen. Ich habe sie herbestellt. Sie wird in einer Stunde hier sein«, sagte Nina ihrem Chef.

»Gut. Dann haben wir noch etwas Zeit, um uns da-rüber klar zu werden, was es eigentlich mit diesem ganzen verrückten Fall auf sich hat. Es gibt mittlerweile so viele Aspekte, dass man kaum noch durchblickt. Herr Spielmann wird von einem Detektiv bespitzelt, den seine vorige Firma auf ihn angesetzt hat. Der Typ wird von einer Frau in den Kofferraum seines Wagens bugsiert. Dann kommt der Ehemann der Geliebten von Herrn Spielmann und betoniert das Auto ein. Sollte das wirklich ein Zufall sein?«

»Dann ist aber noch ein zweiter Detektiv auf Spielmann und seine Geliebte angesetzt«, setzte nun Nina fort. »Das heißt, zur selben Zeit beschäftigen sich zwei Detektive mit diesem Mann, aus unterschiedlichen Gründen zwar, aber das muss schon ein interessanter Typ sein.«

»Höre ich da eine gewisse Bewunderung heraus, Nina? Mir ist nicht verborgen geblieben, dass er Sie ganz schön anschmachtet.«

»Das ist ja nicht verboten. Ich schmachte jedenfalls nicht zurück.«

Schneider warf ihr einen skeptischen Blick zu und lächelte.

* * *

Als der Koch endlich wieder im Hotel eingetroffen war, wurde er von Christiane auf das Übelste beschimpft, wobei sie in ihren Oberharzer Jargon verfiel, weil es sich damit einfach besser schimpfen lässt: »Du alberner Marsch, du alberner! Ich steh hier und weiß nett, was ich für de Leut kochen soll. Und du treibst dich bei dar Bolesei rum, weil de nüscht besseres zu tun hast, als hier mit na Bistol rumzufuchteln. Bewäch dein dicken Marsch in dar Küch und säh zu, dass de was Anstänniches für de Gäst zustanne bringst. Ich könnt dar im Marsch sappen, du alberner Kerrel!«

Peter Müller ließ das alles an sich abprallen und beeilte sich, in die Küche zu kommen. Er selbst ärgerte sich am meisten über sein Verhalten gestern Abend. Sein Anwalt hatte ihm mitgeteilt, dass er dafür wahrscheinlich in den Knast kommen würde.

Lilly hatte diese einseitige Konversation mitbekommen, als sie sich zusammen mit den Saufklever-Brüdern in den Gastraum begab und sagte zu den beiden: »Die Oberharzer Sprache ist doch immer wieder faszinierend, wenn sie so vollendet gesprochen wird wie von Christiane.«

»Ja, Christianes Sprachkenntnisse mögen begrenzt sein. Aber diese Sprache beherrscht sie fast perfekt«, sagte einer der beiden. Dann setzten sie sich an den Tisch zu Karin, Christian und Hermine, die gekommen war, um die seltene Gesellschaft ihrer Verwandten zu genießen. Lilly wollte eigentlich nach Hause fahren, ließ sich aber angesichts der interessanten Gesellschaft schnell überreden, noch zum Essen zu bleiben. Kurz darauf erschien der Chefkoch an ihrem Tisch. Alle sahen ihn erwartungsvoll an, als er sagte: »Meine Herrschaften, ich möchte mich für mein Verhalten gestern Abend hiermit in aller Form entschuldigen. Ich wollte Sie nicht mit dieser unseligen Waffe bedrohen. Es ist einfach über mich gekommen.

Ich habe mich von meinen Emotionen beherrschen lassen. Verzeihen Sie mir. Und ich werde mich jetzt beeilen, Ihnen ein vorzügliches Mittagessen zu bereiten.«

Alle lächelten wohlwollend. Mit diesem Verhalten des Kochs hatte niemand gerechnet. Und Hermine brachte es auf den Punkt: »Wenn man so nett um Verzeihung bittet, kann man ja gar nicht anders, als die Entschuldigung anzunehmen. Und nun husch in die Küche.«

Karin, die daran denken musste, dass der Mann sie vor vielen Jahren in ihrem Haus überfallen hatte, wollte zwar noch etwas sagen, aber sie verkniff es sich. Einmal muss Schluss sein, dachte sie.

Ihre Söhne Raphael und Giovanni hingegen schauten sich ziemlich despektierlich an. Offenbar hatten sie ihre Schwierigkeiten damit, alles in Friede, Freude, Eierkuchen beizulegen. Lilly fing die Blicke der beiden auf und dachte bei sich, dass da noch etwas mehr dahinter stecken müsse. Auch Christian schaute etwas missmutig drein. Aber das war bei ihm nichts Besonderes. Er sah meistens so aus, als würde er im nächsten Moment jemandem an die Gurgel springen.

Nach dem Mittagessen wollten Giovanni und Raphael eine Fahrt durch den winterlichen Harz unternehmen. Wenn sie schon mal hier waren, dann planten sie fast immer einen, oder zumindest einen halben Tag dafür ein. Heute war das Wetter klar. Sicherlich gab es einen herrlichen Ausblick von Torfhaus auf den Brocken. Giovanni hatte, nicht ahnend, dass sein Bruder auf die gleiche Idee gekommen war, einen Mietwagen bestellt, der bereits auf dem Parkplatz stand. Nun hatten sie zwei Autos. Darüber kam es zu einem Streit zwischen den beiden, als sie auf dem Weg in ihre Zimmer waren.

»Warum bestellst du eigentlich einen Wagen, du Blödmann?«

»Warum sollte ich das nicht tun, du Hornochse?«

»Weil ich das immer mache, du Dickmolch.«

»Selber Dickmolch.«

»Ach, rutsch mir doch den Buckel runter. Von mir aus können wir auch getrennt fahren. Ich habe sowieso keine Lust, mein Leben zu riskieren, weil du bei dem Wetter wie eine besengte Sau fahren musst.«

»Dann fahr doch selbst. Ich habe ohnehin noch etwas zu erledigen. Ich gehe jetzt in die Küche und werde diesem Arsch von Chefkoch mal die Leviten lesen.«

»Das wirst du ganz schön sein lassen. Wenn jemand einen Grund hätte, dem Kerl die Leviten zu lesen, dann unsere Mutter. Aber die hat mit dem Thema abgeschlossen. Also lass es gefälligst sein.«

»Spiel dich nicht auf wie mein großer Bruder. Ich mach´, was ich will. Und wenn ich dem Fatzken in den Arsch treten will, dann mach ich das. Ich habe so eine verdammte Wut im Bauch, dass ich ihn mit dem Kopf in seinen Suppentopf stecken könnte. Und genau das werde ich jetzt tun.«

Prompt machte Raphael kehrt und ging in Richtung Küche. Sein Bruder ging auf sein Zimmer, um seine warme Jacke zu holen.

* * *

Als er die Küche betrat, saß der Koch am Tisch und las Zeitung. Ein Lehrling putzte den Herd. Die Hektik der Mittagszeit war vorüber. Die Köchin und eine Küchenhilfe würden erst gegen Abend wiederkommen. Als Raphael den Koch am Tisch wahrnahm, polterte er sofort los: »Du denkst wohl, dass jetzt alles erledigt ist? Sagst mal eben Entschuldigung, kochst irgendeinen albernen Fraß und damit soll vergessen sein, was du meiner Mutter angetan hast. Weißt du überhaupt, wie lange sie unter deinem Überfall gelitten hat? Und dass du meinem Bruder und mir an die Hose gegangen bist, sei auch mal erwähnt. Und dann gestern Abend, als du die ganze Gesellschaft mit der Waffe bedroht hast, das war wohl der Gipfel. Dir nehme ich deine fadenscheinigen Entschuldigungen nicht ab. Du hast dich nicht verändert, bist noch dasselbe Arschloch wie früher!«

Der Lehrling hatte aufgehört zu putzen. Zuerst war er ganz erschrocken, aber jetzt grinste er ganz offen in Richtung seines Chefs. Dieser erhob sich und begann, den Angriff von Raphael zu kontern. Es gab ein Hin und Her zwischen den beiden. Schließlich fing Peter Müller sich eine kräftige Ohrfeige ein, und der Lehrling fing an zu lachen.

Lilly, Hermine und Karin verließen nun das Speisezimmer. Christian wollte noch in Ruhe seinen Kaffee austrinken, sagte er. In Wirklichkeit hatte er vor, in die Küche zu gehen, ohne dass es jemand erfahren sollte.

* * *

Eine Stunde später parkte Giovanni seinen Wagen bei Torfhaus und genoss den winterlichen Ausblick zum Brocken. Dann fuhr er weiter nach Braunlage. Dort trank er einen Kaffee und bummelte ein Weilchen durch den Ort. Im Schaufenster der Buchhandlung sah er einen neuen Harzkrimi. Den musste er haben. Also ging er hinein, grüßte freundlich und ließ sich zwei Exemplare geben. Sein Bruder war zwar manchmal ein Vollidiot. Trotzdem wollte er ihm als kleine Geste der Versöhnung das Buch schenken. Dann verließ er den Laden und ging zu seinem Auto. Ein paar Minuten später betrat Raphael die Buchhandlung. Er grüßte freundlich und nahm zwei Exemplare des neuen Krimis vom Stapel.

»Nanu«, sagte die freundliche Buchhändlerin, »Sie haben aber einen großen Bedarf. Das sind sicherlich Geschenke?«

»Nur eins, das andere lese ich selbst.«

»Und die anderen beiden?«

»Welche anderen beiden?«

Sie gab keine Antwort. Schließlich ging es sie auch nichts an. Als der Mann den Laden verlassen hatte, schaute sie ihre Kollegin an und tippte sich leicht an die Stirn: »Könnte es sein, dass der Mann vergessen hat, dass er vor ein paar Minuten schon mal zwei Bücher gekauft hat?«

Giovanni fuhr weiter nach Bad Lauterberg. Dort bummelte er die Hauptstraße entlang. Er konnte nie an einer Buchhandlung vorbeigehen. Und hier gab es eine von der herrlich altmodischen Sorte. Die Einrichtung mochte über hundert Jahre alt sein. Er fand ein wunderschönes Lesezeichen und nahm zwei Exemplare, eines für sich und eines für seinen Bruder. Dann bummelte er langsam zu seinem Wagen zurück.

Ein paar Minuten später betrat Raphael die Buchhandlung. Den neuen Krimi hatte er ja schon in Braunlage gekauft. Da fielen ihm diese wunderschönen Lesezeichen ins Auge. Er erwarb zwei Stück und freute sich darauf, seinem Bruder nachher eines zu schenken. Vielleicht war er ja doch etwas hart mit ihm umgegangen. Aber so war das wohl unter Brüdern. Zum Glück hielten ihre Streitigkeiten nie länger als ein paar Stunden an. Inzwischen hatte sich der Rauch längst wieder verzogen.

»Na, das Lesezeichen scheint es Ihnen ja angetan zu haben, dass sie so viele davon nehmen«, meinte die Buchhändlerin.

»Na, so viele sind es ja auch nicht.«

Naja, dachte sie, vier Stück sind wirklich nicht so viele. Kurz vor dem Parkplatz sah Giovanni in einem Schaufenster ein wunderschönes Kleid. Also ging er hinein und kaufte es für seine Frau. Die Größe stimmte. Sie würde sich bestimmt freuen. Außerdem kaufte er noch einen bildschönen Pullover für seine achtzehnjährige Tochter. Den Geschmack seiner Frauen kannte er genau. Alles, was er bisher mitgebracht hatte, erfreute sich größter Beliebtheit. An der Kasse sagte er: »Da werden sich meine Frau und meine Tochter sicherlich freuen.«

Kurz danach kam auch Raphael an diesem Geschäft vorbei, sah das Kleid im Fenster und betrat den Laden. Er steuerte direkt auf das Kleid zu, schaute nach der Größe und nahm es. Daneben lag ein bildschöner Pullover, den er für seine neunzehnjährige Tochter kaufte. Er konnte schließlich nicht verreisen, ohne seinen Mädels etwas mitzubringen. Bestimmt würden sie sich riesig freuen. Er ging zur Kasse und sagte: »Ich denke, da habe ich den Geschmack von Frau und Tochter genau getroffen.«

Die Mitarbeiterin schaute Raphael an und wollte etwas erwidern. Aber ihr fiel nichts ein. Konnte es sein, dass sie allmählich dement wurde? Oder dass dieser Mann nicht mehr wusste, was er vor ein paar Minuten gekauft hatte? Oder waren die Sachen so wunderschön, dass er sie doppelt haben wollte? Sie kassierte, packte ein, bedankte sich bei dem Kunden und wünschte ihm noch einen schönen Tag. Dann ging sie kopfschüttelnd in die Pause.

* * *

Hauptkommissar Schneider und Oberkommissarin Liebe saßen nun Anna Polenz gegenüber. Sie war eine sehr attraktive Frau von Anfang dreißig. Unwillkürlich musste Nina an Antek Spielmann denken, der sich diese Dame als Geliebte erkoren hatte. Was das rein Äußerliche betraf, konnte sie ihn gut verstehen. Schneider eröffnete die Vernehmung, indem er ganz unverblümt fragte: »Frau Polenz, haben Sie gestern auf dem Parkplatz des Hotels Bähr einen Mann in den Kofferraum eines Autos bugsiert?«

Mit allem hätte sie gerechnet, aber nicht mit dieser Frage. Sie druckste herum, überlegte fieberhaft, was sie antworten sollte. Sie war sich ganz sicher gewesen, dass niemand sie gesehen hatte. Und jetzt das. Hoffentlich war dem Mann nichts Schlimmes zugestoßen. Leugnen hatte offenbar keinen Sinn, sonst hätte der Kommissar nicht diese direkte Frage gestellt. Also schoss es aus ihr heraus: »Ja, verdammt. Er ist doch selbst schuld. Was hat er auch an Anteks Auto zu suchen? Der Kerl hat mich schon die ganze Zeit im Auftrag meines Mannes beobachtet. So ein Idiot. Der dachte wohl, ich merke es nicht. Vor allem, ich hatte mich ja mit meinem Mann wieder versöhnt. Und der lässt mich trotzdem noch weiter überwachen. So eine Unverschämtheit! Als ich den Typen dann an Anteks Wagen sah, hat mich die kalte Wut gepackt. Ich ging von hinten an ihn heran, griff ihm zwischen die Beine und schwupps, flog er in den Kofferraum. Klappe zu, Affe tot.«

»Affe tot? Sie wissen, dass der Mann tot ist?«

»Was? Quatsch! Der kann doch nicht tot sein, nur weil ich ihn da rein befördert habe. Ich dachte, nach einer gewissen Zeit wird ihn schon jemand finden.«

»Tja, leider wurde er erst gefunden, nachdem Ihr Mann eine Ladung Beton über das Auto geschüttet hatte. Er ist erstickt.«

»Um Himmels willen! Aber dafür kann ich doch nichts. Mein Mann hat ja wohl nicht alle Tassen im Schrank. Oh Gott! Das tut mir leid. Ich wollte den Kerl doch nur erschrecken und meinem Mann Schwierigkeiten machen. Aber ich wollte ihn ganz bestimmt nicht umbringen. Was wird denn nun?«

»Ich denke, wir machen jetzt ein Protokoll mit einem umfassenden Geständnis, und das legen wir dann dem Staatsanwalt vor. Der muss entscheiden, wie es weitergeht. Vielleicht sollten Sie einen Anwalt zu Rate ziehen. Sie werden sowieso einen brauchen. Das Verrückte ist nur, dass dieser Detektiv gar nicht der war, der Sie im Auftrage Ihres Mannes überwacht hat, sondern ein ganz anderer. Dieser Detektiv, der hier ums Leben kam, sollte Herrn Spielmann im Auftrage seines letzten Arbeitgebers unter die Lupe nehmen. Sie haben also den Falschen in den Kofferraum geworfen.«

»Das darf nicht wahr sein.«

Frau Polenz rief einen Anwalt an und machte dann in dessen Beisein eine dezidierte Aussage. Als Schneider mit Nina allein war, raufte er sich die Haare und sagte: »Gut, wir haben bei der Dame einen Volltreffer gelandet. Trotzdem habe ich, wenn ich das mal so sagen darf, die Schnauze voll. Was ist das nur für ein bescheuerter Fall? Eine Frau sperrt einen Menschen in den Kofferraum eines Autos. Ein eifersüchtiger Ehemann begräbt dieses Auto unter Beton. Ein Küchenlehrling, der vor über vierzig Jahren misshandelt wurde, bedroht den Übeltäter mit einer Pistole. Dieser wiederum bedroht eine ganze Abendgesellschaft mit eben dieser Waffe. Das sind jetzt vier völlig überflüssige, irrationale Straftaten. Tragisch ist nur, dass dabei ein Mensch ums Leben gekommen ist. Wir haben unser Bestes gegeben. Der Fall ist aufgeklärt. Um alles Weitere soll sich der Staatsanwalt kümmern. Und irgendwann dann die Gerichte. Mir reicht es. Ich mache heute früh Feierabend. Am besten sofort. Ich geh jetzt nach Hause.«

Nina grinste ihren Chef an und erwiderte: »In Ihrem Alter sollten Sie wirklich mal etwas kürzer treten.«

»Nina, ich habe Ihnen nicht erlaubt, frech zu werden.«

Dann klingelte das Telefon. Schneider nahm ab, setzte sich auf seinen Schreitisch und wurde bleich. Was da am anderen Ende der Leitung gesagt wurde, war exakt das, was er im Moment gar nicht gebrauchen konnte: »Hier ist Lilly Höschen. Es tut mir leid, Herr Schneider, dass ich Sie schon wieder behelligen muss. Aber wir hätten da noch eine Leiche im Keller. Genauer gesagt: im Weinkeller.«

* * *

Als Christiane am späten Nachmittag in die Küche ging, traf sie dort nur eine Köchin und eine Küchenhilfe an. Peter Müller, der eigentlich Vorbereitungen für den Abend zu treffen hatte, war nicht da. Wutschnaubend begab sie sich auf die Suche, während sie sich in Selbstgesprächen erging: »Ich hab die Schnauze langsam voll von dir. In letzter Zeit machst du nur noch Mist. Wo steckst du denn jetzt wieder?« Als sie die Tür zum Weinkeller öffnete, brannte dort Licht. Ach, da ist er, dachte sie.

Lilly, die gerade auf dem Flur zwischen Küche und Speisezimmer entlangging, sah die geöffnete Kellertür. Plötzlich setzte ein hysterisches Schreien ein. Das war Christiane. Aufgeregt, aber vorsichtig ging sie die Treppe hinunter. Am anderen Ende des Raumes sah sie vor der geöffneten Bodenluke Christiane stehen. Als sie sie erreicht hatte und Christiane Lilly wahrnahm, ergriff diese Lillys Hand, wie um sich zu schützen vor dem, was sie sah und sagte mit bebender Stimme: »Das ist doch nicht möglich.«

Was Lilly zu sehen bekam, ließ ihr das Blut in den Adern gefrieren: Peter Müller, der Koch. Er lag auf dem Rücken und hatte ein großes Küchenmesser in der Brust stecken. Sein weißes Hemd war blutdurchtränkt. Lilly nahm Christiane am Arm und führte sie nach oben. Sie gingen in das Büro hinter der Rezeption, und Christiane holte die Cognacflasche aus dem Schrank. Nach dem ersten Schluck hatte Lilly sich wieder gefangen und nahm das Telefon, um Kommissar Schneider anzurufen.

* * *

Schneider war einigermaßen geschockt, als er die Bescherung sah. Die Spurensicherung machte ihre Arbeit, und er saß mit Nina in einem kleinen Raum im Hotel. Weder   Lilly Höschen noch Christiane Bähr konnten viel beitragen.

»Wer hat den Koch umgebracht?«

»Wer hatte ein Motiv?«, war Ninas Gegenfrage.

Schneider begann aufzuzählen: »Martin Bösch hatte ein Motiv, auch wenn er sich nach dem Vorfall gestern ganz zahm gezeigt hat. Karin hat ein Motiv. Vielleicht ist der Koch ihr dumm gekommen und sie hat sich an den Überfall vor über vierzig Jahren erinnert und ihn im Affekt erstochen. Auch ihr Bruder Christian könnte seine Schwester gerächt haben. Er ist ja ohnehin ein ziemlich unbeherrschter Zeitgenosse. Und natürlich könnten die Saufklever-Zwillinge es getan haben. Sie haben ja gestern erst erfahren, dass der Typ ihre Mutter einst überfallen hatte. Wo stecken die beiden eigentlich?«

»Fräulein Höschen meinte, sie hätten sich auf eine Tour durch den Harz begeben.«

»Tja, und vorher haben sie noch mit dem Koch eine alte Rechnung beglichen. Also, ich will mit allen Verdächtigen sprechen. Wir fangen sofort an. Zuerst mit Karin und Pfarrer

Christian. Dann mit Martin Bösch. Und wenn die Saufklevers bis dahin noch nicht aufgetaucht sind, lassen wir nach ihnen fahnden. Telefonisch sind sie ja nicht zu erreichen. Ich will diesen Fall heute noch lösen.«

So entschlossen und schlecht gelaunt kannte Nina ihren Chef gar nicht. Er sah völlig genervt aus. Als Nina die Tür öffnete, um Karin und Christian zu holen, stand Martin Bösch davor. Eine Streife hatte ihn aus dem Hotel, in dem er zurzeit logierte, geholt. Also, dann eben zuerst diesen Martin, dachte sie und bat ihn, einzutreten. Schneider war einverstanden und bot dem Mann einen Platz an.

»Also, Herr Bösch, ich will gar nicht lange drumherumreden. Peter Müller wurde heute umgebracht. Und Sie sind aufgrund Ihres Verhaltens verdächtig. Also sagen Sie mir, wo Sie den heutigen Tag verbracht haben. Insbesondere will ich wissen, was Sie seit heute Mittag gemacht haben.«

Martin Bösch schaute drein wie ein begossener Pudel: »Ich bin heute Vormittag gegen elf nach Osterode gefahren zu meiner Schwägerin. Dort habe ich zu Mittag gegessen. Ihr Freund war auch dabei. Etwa gegen drei bin ich dann zurück nach Goslar gefahren. Und seit viertel vor vier war ich in meinem Hotel.«

»Gut. Nina, bitte schicken Sie zwei Leute zu besagter Schwägerin. Sie sind vorerst entlassen, Herr Bösch. Bis zur Überprüfung Ihres Alibis halten Sie sich bitte zu unserer Verfügung. Wann wollen Sie eigentlich wieder nach Hause fahren?«

»Morgen. Ich wohne ja in Freiburg. Das ist ein ordentliches Stück Fahrt.«

»Okay, sobald Ihr Alibi überprüft ist, melden wir uns bei Ihnen. Wenn alles in Ordnung ist, können Sie morgen wieder fahren.«

Als Martin Bösch ging, standen bereits Karin und Christian vor der Tür. Schneider bat sie herein, wies auf zwei freie Stühle und sagte dann mit ernster Miene: »Sie haben sicherlich gehört, was los ist. Um es kurz und effektiv zu machen, sagen Sie mir doch bitte einfach, wo Sie sich zwischen 13.30 Uhr und 14.30 Uhr aufgehalten haben. Das ist nämlich der Zeitrahmen, in dem Herr Müller ums Leben gekommen ist.«

Karin antwortete zuerst: »Wir haben uns gegen 12.30 Uhr zu Tisch begeben. Also Christian, Hermine, meine Söhne und Fräulein Höschen. Vor dem Essen kam Herr Müller noch zu uns, um sich für sein Verhalten zu entschuldigen. Dann ging er in die Küche. So gegen 13.45 Uhr war das Essen beendet. Meine Söhne sind dann los, um sich auf eine Harzrundfahrt zu begeben. Wir anderen sind dann nach und nach auf unsere Zimmer gegangen.«

Jetzt schaute Schneider den Pfarrer an, der ihn sehr ernst anblickte und mit ungewohnt brüchiger Stimme entgegnete: »Ich habe den kleinen Speisesaal zuletzt verlassen, so gegen 14.15 Uhr, weil ich noch in die Küche wollte, um mit Herrn Müller ein Wort zu reden.«

»Ach, und was haben Sie mit ihm geredet?«

»Gar nichts. Er war nicht da. Niemand war in der Küche. Absolut kein Mensch.«

»Und was wollten Sie mit ihm besprechen?«

»Ich wollte ihm noch einmal klarmachen, was er vor vielen Jahren bei meiner Schwester angerichtet hat. Und ich wollte sicher gehen, dass er es wirklich ernst meint mit seinen Entschuldigungen. Ich habe ihm sein handzahmes Geplärre nämlich nicht abgenommen.«

Jetzt sah Nina ihre Chance und preschte vor: »Aha, und weil er es nicht ernst meinte und noch genauso ein Schweinehund gewesen ist wie vor fünfundvierzig Jahren, was er ja bewiesen hat, indem er mit der Schusswaffe herumfuchtelte, haben Sie ihn dann ins Jenseits befördert.«

»Junge Dame, Sie haben keine Ahnung vom Leben. Nur, weil ich im Gegensatz zu anderen Menschen meines Berufsstandes nicht dazu neige, jedem, der ein paar salbungsvolle Entschuldigungen von sich gibt, zu glauben, bin ich noch lange kein Mörder.«

»Aber Sie sind ein jähzorniger Mann. Da hat man nicht alles im Griff.«

Jetzt brüllte Christian und schlug auf den Tisch: »Ich bin überhaupt nicht jähzornig, Sie ungezogenes kleines Pipimädchen!«

Nina musste sich die Hand vor den Mund halten, um nicht laut loszulachen und Schneider schaute abwechselnd sie und den Pfarrer scharf an, um dann wieder das Verhör zu übernehmen: »Bitte nicht schreien, Herr Pfarrer. Also gut, Sie sind nicht jähzornig. Sie brüllen nur ab und zu mal und schlagen auf den Tisch. Das ist ja nicht verboten. Aber bitte haben Sie Verständnis dafür, dass uns Beweise lieber sind als Aussagen, die niemand bestätigen kann. Im Moment werden die Tatwaffe und der Leichnam nach Spuren untersucht. Und bis das alles abgeschlossen ist, bitten wir Sie, nicht abzureisen. Für den Moment war es das.«

Als die beiden gegangen waren, holte Nina Lilly und Christiane zur Vernehmung. Letztere war nervlich stark angeschlagen. Der Arzt war inzwischen dagewesen und hatte ihr ein Beruhigungsmittel gegeben. Lilly hingegen schien sich wohlzufühlen. Christiane erzählte, dass sie den Koch gesucht hatte und dann schließlich auf die Idee kam, im Weinkeller nachzuschauen.

»Ich versteh das nicht. Ich hab doch diese scheiß Luke vor zig Jahren zumachen lassen. Warum war sie denn jetzt wieder offen? Und wer hat den Peter erstochen? Was ist denn bloß los hier?«

Darauf konnte ihr niemand eine Antwort geben. Dann bat der Kommissar Lilly, zu erzählen, was sie seit dem Mittagessen im Hotel gemacht habe und ob ihr etwas aufgefallen sei.

»Nun, wir haben gegessen und dann hat sich die Gesellschaft allmählich aufgelöst. Zuerst sind Giovanni und Raphael aufgestanden. Ich ging als Vorletzte. Pfarrer Christian saß noch da, um seinen Kaffee in Ruhe auszutrinken. Als ich über den Flur ging, kam mir einer der Saufklever-Zwillinge entgegen. Er machte einen ziemlich missmutigen, nein, eher einen wütenden Eindruck. Ich fragte, was ihm denn über die Leber gelaufen sei. Und er antwortete, dass er sich zuerst mit seinem Bruder gestritten habe und danach in der Küche war, um dem Koch mal richtig den Kopf zu waschen. Dabei fiel das Wort Arschloch. Ich habe mich gewundert, da ich von beiden Saufklevers solche Kraftausdrücke nicht gewohnt bin.«

»War das Giovanni oder Raphael, dem Sie dort begegnet sind?«

»Lieber Herr Schneider, das weiß ich doch nicht. Jedenfalls ging ich dann auf mein Zimmer. Und aus dem Fenster sah ich, dass einer der Saufklevers mit einem Auto davonfuhr. Ich dachte noch: na so was, haben die beiden sich also so in die Wolle gekriegt, dass sie nicht zusammen wegfahren. Eine Viertelstunde später fuhr dann der andere der beiden Brüder mit einem anderen Auto davon. Eigentlich hatten sie vor, zusammen eine Harzrundfahrt zu unternehmen. Aber nun waren sie getrennt gefahren.«

Bei Nina läuteten die Alarmglocken: »Sagen Sie, Fräulein Höschen, halten Sie es für möglich, dass einer der Brüder mit dem Koch so aneinandergeraten ist, dass es da zu der Gewalttat kam?«

Lilly kam gar nicht zu Wort, sondern Christiane brüllte heraus: »Mensch, biste denn verrückt geworden, Mädel? Meine Brüder bringen käne Leut um!«

Lilly lächelte und sagte: »Da haben Sie Ihre Antwort. Die Saufklevers bringen, äh, käne Leut um.«

»Und was hatten Sie eigentlich im Weinkeller zu suchen, Fräulein Höschen? Sie waren doch schon auf Ihrem Zimmer.«

»Ja, aber dann wollte ich noch einmal ins Speisezimmer, weil ich dort wohl meine Handtasche vergessen hatte. Die Kellertür war geöffnet und ich hörte Christiane schreien.«

Als Schneider und Nina wieder allein waren, sinnierten sie vor sich hin.

»Einer muss den Koch ja erstochen haben. Und am Wahrscheinlichsten war es einer der Saufklevers«, sagte Nina.

»Ich hoffe nur, dass sie bald wieder hier sind. Sonst müssen wir wirklich nach ihnen fahnden lassen.«

* * *

Als Giovanni auf dem Parkplatz eines Imbisses hielt, sah er seinen Bruder dort stehen. Natürlich stopfte er sich mit Currywurst und Pommes voll. Lächelnd ging er auf ihn zu und sagte: »Wenn man dich sucht, braucht man nur zur nächsten Pommesbude zu fahren, du Dickmolch.«

»Das ist genetisch veranlagt. Mein Zwillingsbruder ist genauso verfressen wie ich.«

»Tatsächlich? Na gut, ich hol mir jetzt auch erst mal eine kleine Stärkung.«

Da standen sie nun beide einträchtig und mampften ihre Currywurst, die sie in Italien so vermissten.

»Wie war dein Aufeinandertreffen mit dem Koch?«, fragte Giovanni.

»Ich habe ihn zuerst erwürgt, dann erstochen und zum Schluss geviertelt.«

»Gut. Wenn ich es mir recht überlege, war dein Ansinnen gar nicht so falsch. Aber da du das nun erledigt hast, kann ich es mir ja sparen.«

Am Auto überreichte Giovanni seinem Bruder dann den Krimi und das Lesezeichen. Lachend griff dieser auf den Beifahrersitz seines Mietwagens, um Giovanni ebenfalls einen Krimi und ein Lesezeichen zu schenken. Als sie sich dann auch noch die Kleider für ihre Frauen und die Pullover für ihre Töchter zeigten, waren sie bester Laune und fuhren gemeinsam, wenn auch in getrennten Autos, zurück nach Goslar.

* * *

Als sie am Hotel ankamen, war es dunkel. Dort wurden sie von einer aufgeregten Nina Liebe erwartet. Kaum hatten sie einen Schritt in die Empfangshalle gesetzt, polterte sie die beiden auch schon an: »Wo bleiben Sie denn so lange? Und warum waren Sie nicht per Handy zu erreichen?«

Die beiden Brüder schauten sich gegenseitig fragend an, um dann die Kommissarin aufmerksam zu mustern. Schließlich sagte Giovanni: »Haben wir etwas Wichtiges versäumt? Wir wussten nicht, dass Sie unsere Kindergärtnerin sind.«

»Bitte kommen Sie sofort mit. Herr Schneider erwartet Sie schon ganz ungeduldig. Er war schon drauf und dran, nach Ihnen fahnden zu lassen.«

»Haben wir irgendwas verbrochen und wissen nichts davon?«, fragte Raphael.

»Das würden wir gern von Ihnen erfahren. Also, los jetzt.«

Leicht entrüstet antwortete Giovanni: »Zunächst einmal halten Sie die Luft an, Signorina. Dann bringe ich meine Sachen aufs Zimmer, danach gehe ich aufs Klo. Und wenn ich das erledigt habe, stehe ich zu Ihrer Verfügung.«

»Genau in dieser Reihenfolge machen wir es«, ergänzte Raphael. »Wenn Sie mitkommen wollen, bitteschön. Nur aufs Klo würde ich gern allein gehen, wenn es Ihnen nichts ausmacht.«

»Ich gebe Ihnen fünf Minuten«, schnauzte Nina und klopfte mit dem Finger auf ihre Armbanduhr.

Zehn Minuten später saßen die Saufklevers in dem kleinen Konferenzzimmer, das sie gestern bei der Besprechung mit Antek Spielmann genutzt hatten. Heute saßen ihnen die Kommissare Schneider und Liebe gegenüber. Schneider, der heute leicht lädiert aussah und sich auch so fühlte, war höflich wie immer und begann das Gespräch: »Zunächst einmal bitte ich Sie, mir Ihre Vornamen zu sagen, damit ich Sie auseinanderhalten kann, meine Herren.«

Sie taten es. Rechts gegenüber Schneider saß also Giovanni und links Raphael. Warum mussten diese Kerle sich auch noch beide gleich anziehen? Schwarzes Hemd und darüber gelber Pullover mit V-Ausschnitt.

»Einer von Ihnen war heute nach dem Mittagessen in der Küche. Wer war das?«

»Ich«, antwortete Raphael.

»Und was wollten Sie dort?«

»Dem Koch, Herrn Müller, mal richtig die Leviten lesen. Wir hatten ja erst erfahren, was der Kerl vor vielen Jahren mit unserer Mutter angestellt hat. Und damit wurde ich nicht fertig. Dazu kam dann noch die Erinnerung, dass er uns, als wir jung waren, sexuell angemacht hat. Und dann auch noch die Bedrohung mit der Schusswaffe. Schließlich erdreistet er sich, vor dem Mittagessen ins Speisezimmer zu kommen, um sich zu entschuldigen. Das habe ich ihm nicht abgenommen. Deshalb bin ich in die Küche gegangen und habe ihm mal kräftig die Meinung gesagt und ihm klargemacht, was ich von seinen Entschuldigungen halte.«

»Und dabei kam es zu einer Auseinandersetzung, und Sie haben ihm ein Messer in den Bauch gerammt.«

Nun schauten die Saufklevers erst den Kommissar an, als sei er der Mann vom Mond. Dann richtete Giovanni den Blick auf seinen Bruder, und dieser gestikulierte und antwortete diesem: »Der Kommissar spinnt.«

Schneider fuhr unbeirrt fort: »Herr Müller wurde heute Nachmittag erstochen aufgefunden.«

»Das kann ja wohl nicht wahr sein. Und nun glauben Sie, dass ich den Menschen umgebracht habe?«

»Allerdings. Oder gibt es Zeugen für Ihren Besuch in der Küche?«

»Zeugen? Ja, da war noch dieser junge Mann in der Küche, wahrscheinlich ein Lehrling. Er machte den Eindruck, dass er sich über meinen Auftritt gefreut hat. Als ich den Koch heruntergeputzt habe, hat er gegrinst, so nach dem Motto, dass da endlich mal jemand seinem Chef die Wahrheit ins Gesicht schleudert.«

»Und als Sie gingen, war der junge Mann immer noch da?«

»Ja.«

Nun wandte Schneider sich an seine Mitarbeiterin: »Nina, bitte fragen Sie Frau Bähr nach diesem jungen Mann. Wenn er nicht im Hause ist, muss er sofort kommen.«

Nachdem Nina den Raum verlassen hatte, erhob sich Giovanni und sagte: »Das war ein netter Versuch, Raphael. Aber du bist nach dem Essen direkt losgefahren. Ich war es, der in die Küche gegangen ist, Herr Kommissar.«

»Quatsch, es war so, wie ich es gesagt habe«, antwortete Raphael.

Jetzt erhob sich auch Raphael, und die beiden Brüder gingen durch das Zimmer und jeder bezichtigte den anderen, die Unwahrheit zu sagen. Der Kommissar raufte sich sein spärliches Haar. Es drehte sich alles und er wusste schon gar nicht mehr, wer wer war. Zum ersten Mal in seiner langjährigen Laufbahn als Kriminalbeamter haute er mit der Faust auf den Tisch und brüllte: »Sofort hinsetzen! Hören Sie auf, sich so aufzuführen. Wir kriegen auf jeden Fall heraus, wer von Ihnen in der Küche war. Wenn Sie so weitermachen, werden Sie noch belangt.«

Die beiden setzten sich und Schneider sagte: »Herr Giovanni Saufklever...«

Beide antworteten mit »Ja.«

Schneider sah vom einen zum anderen und sagte dann:

»Ihr Spielchen ist absurd. Wenn einer von Ihnen etwas mit dem Tod des Herrn Müller zu tun hat, werden wir herausfinden, wer. Vielleicht sollten Sie darüber nachdenken, ob einer von Ihnen einen Anwalt kontaktieren möchte.«

Die beiden schauten sich an und sagten dann wie aus der Pistole geschossen: »Nein, wir haben nichts getan.«

Schneider kam das vor wie ein absurdes Theaterstück. Er fühlte seine Kräfte schwinden. Solche Spielchen mochte er nicht, und heute schon gar nicht. Zum Glück betrat nun Nina das Zimmer und sagte: »Also, der junge Mann heißt Emil Broder, ist achtzehn Jahre alt und Lehrling hier im Hause. Er hatte ab 14.00 Uhr Dienstschluss. Die Kollegen sind unterwegs, um ihn herzuholen.«

»Gut, dann warten wir auf diesen Emil, um ihn zu vernehmen. Die Herren Saufklever mögen inzwischen bitte auf ihre Zimmer gehen. Wenn ich sie noch weiter ertragen muss, bekomme ich einen Nervenzusammenbruch.«

Die Zwillinge sahen sich gespielt dramatisch an und Nina sagte im Ton der Verwunderung: »Um Gottes willen! Also, kommen Sie, meine Herren. Wenn Sie später noch gebraucht werden, werde ich Sie holen lassen.«

»So ein Mist«, sagte einer der beiden. »Wo kriegen wir denn jetzt etwas zu Essen her, wo der Chefkoch nicht mehr lebt?«

Und der andere antwortete: »Christiane hat doch noch anderes Küchenpersonal. Also, ich hätte auch langsam Hunger. So eine Currywurst hält ja nicht ewig vor.«

Als sie verschwunden waren, atmete Schneider tief durch und sagte zu Nina: »Solche Tage wie heute können auch den geduldigsten Menschen in den vorzeitigen Ruhestand treiben. Oder in den Wahnsinn.«

Dann klopfte es an der Tür und ein Polizist brachte die bisherigen Untersuchungsergebnisse der Spurensicherung. Schneider las aufmerksam und teilte dann Nina mit: »Tja, an der Tatwaffe sind nur die Fingerabdrücke des Kochs. Wenn es Mord war, dann muss der Täter Handschuhe getragen haben. Das macht es uns nicht leichter.«

Er nahm sein Handy und rief in der Gerichtsmedizin an. Vielleicht gab es hier inzwischen erste Hinweise. Nach dem fünfminütigen Telefonat informierte er Nina: »Also, Herr Müller hat sich unmittelbar vor dem Todeseintritt etliche Blessuren geholt. Ein Schlag auf die Schulter, möglicherweise Tritte an den Beinen, zwei gebrochene Rippen. Das kann aber auch bedeuten, dass er in diesen Eiskeller gestürzt ist und sich dabei die Verletzungen zugezogen hat. Ebenso könnte das Messer auch durch den Sturz in seinen Bauch geraten sein.«

»Könnte, könnte… aber was wollte er allein in dieser Grube?«

Dann öffnete sich die Tür, ohne dass angeklopft worden war, und herein kam Staatsanwalt Büttner, der ein Gesicht machte, das nichts Gutes verhieß. Er nickte nur kurz den beiden Kommissaren zu und schoss los: »Sagen Sie mal, ist das Hotel Bähr etwa die neue Außenstelle der Polizei? Habe ich da etwas nicht mitbekommen? Warum führen Sie Vernehmungen nicht in der Dienststelle durch?«

Genau das hatte Schneider noch gefehlt. Er konnte diesen Emporkömmling sowieso nicht ausstehen. Mit seinen fünfunddreißig Jahren war Joachim Büttner nicht nur der jüngste, sondern auch der unangenehmste Staatsanwalt, mit dem er je zu tun gehabt hatte. Ständig mischte er sich ein, wusste alles besser und machte deutlich, wie überlegen er der Kripo durch seine Position war. Ein Schnösel sondergleichen, kein Benehmen, ohne jedes Einfühlungsvermögen.

»Ihnen auch einen schönen, guten Abend, Herr Staatsanwalt. Wir sind mit unseren Untersuchungen hier noch nicht fertig. Außerdem ist es von Vorteil, am Tatort zu arbeiten, insbesondere, wenn sich der Täter mit größter Wahrscheinlichkeit noch hier befindet.«

»Nun gut. Und wie weit sind Sie? Haben Sie den Täter? Haben Sie wenigstens eine heiße Spur?«

»Wir verfolgen mehrere Spuren. Und eine wird uns wohl bald zum Ziel führen. Sie können uns wohl kaum langsames Arbeiten vorwerfen. Das letzte Tötungsdelikt mit dem einbetonierten Mann haben wir innerhalb eines Tages gelöst.«

»Nun, dann rate ich Ihnen, weiterhin so effektiv zu arbeiten. Andernfalls dürfte morgen das LKA hier sein und Ihnen den Fall aus den Händen nehmen.«

Jetzt grummelte es Schneider in der Magengegend, und bei Nina stieß die blanke Wut hervor, die sie nun nicht mehr zurückhalten konnte: »Oh, Entschuldigung, dass wir den Mordfall fünf Stunden nach Bekanntwerden noch nicht gelöst haben.«

Ganz erstaunt blickte Büttner die Kommissarin an, als ob er ihre Anwesenheit erst jetzt bemerkte, und sagte: »Wenn ich mit Ihnen reden will, dann lass ich es Sie wissen.«

Schneider kam die Galle hoch und er zwang sich zu einem ruhigen Tonfall: »Herr Staatsanwalt, Sie sind im Moment nicht sehr hilfreich für unsere Arbeit. Und wenn Sie morgen das LKA informieren, vielleicht kann ja die Generaltaatsanwaltschaft auch gleich einen fähigen Staatsanwalt mitschicken.«

Erst war er für ein paar Sekunden sprachlos, dann zischte er Schneider an: »Sehen Sie sich vor, Schneider!«

Der Angesprochene zischte zurück: »Keine Angst, Büttner. Ich bin von Natur aus ein vorsichtiger Mensch.«

Dann stürmte er aus dem Zimmer und knallte die Tür zu.

Nina grinste ihren Chef an: »Das hat gesessen.«

Kurz danach klopfte es an der Tür und ein Beamter begleitete Emil Broder, den Lehrling aus der Küche, herein. Er sah aus wie ein zu groß geratener kleiner Junge. Die Gesichtszüge waren kindlich, das dunkle Haar sehr kurz geschnitten. Nur die lange schlaksige Figur ließ darauf schließen, dass er immerhin achtzehn war. Unsicher nahm er auf dem angebotenen Stuhl Platz. Seine braunen Augen erinnerten an die eines scheuen Rehs. Nina lächelte ihn an und nahm seine persönlichen Daten auf. Dann begann Schneider mit der Befragung: »Emil, wann haben Sie das Hotel heute verlassen?«

»Eigentlich hatte ich um zwei Feierabend. Aber Herr Müller, mein Chef, hat mir noch so viele Sachen aufs Auge gedrückt, die ich noch schrubben sollte. Und dann kam auch noch dieser Typ…«

»Welcher Typ?«

»Ein Mann, etwas dick, so um die fünfzig. Ich weiß nicht, wer das war. Während ich die Töpfe geschrubbt habe, gab es einen fürchterlichen Streit zwischen ihm und dem Chef. Das ging so weit, dass er Herrn Müller eine Ohrfeige versetzt hat. Er brüllte etwas von wegen *Mutter überfallen* und ihm sei er *an die Hose gegangen.* Er nannte den Chef ein *Arschloch* und noch anderes mehr. Ich habe mich innerlich gefreut, dass endlich mal einer so mit ihm geredet hat. Und nach ein paar Minuten ist er dann einfach wieder gegangen. Das heißt, während des Rausgehens hat er immer noch Beleidigungen ausgestoßen.«

»Und dann?«

»Dann kam Herr Müller auf mich zu und hat mich zur Schnecke gemacht. Was mir denn einfiele, so blöd zu grinsen, statt ihm zu helfen. Dann hat er mir eine geknallt und mich schließlich mit einem Messer bedroht, als ob er mich umbringen wollte.«

»Mit einem Messer bedroht?«

»Ja, und dann hat er mich ins Genick gepackt und mich in den Weinkeller gebracht. Da hat er mich losgelassen und ich dachte schon, jetzt ist alles wieder einigermaßen okay. Daraufhin hat er aus einem Regal hinter den Weinflaschen einen Akku-Schraubendreher geholt und mich angewiesen, die Verschraubung der Bodenklappe zu lösen. Das habe ich auch gemacht. Er hat die Klappe geöffnet, mich wieder gepackt und gesagt, ich soll da runterklettern. Natürlich habe ich mich gesträubt und es kam zu einem Handgemenge. Da hat er mir wieder das Messer an den Hals gehalten. Wenn da nicht dieser ältere Herr gekommen wäre, wäre mir bestimmt etwas Schlimmes passiert.«

»Was für ein älterer Herr?«

»Ich weiß nicht. Ich hatte ihn noch nie gesehen. Ein Mann, vielleicht so zwischen siebzig und achtzig, ziemlich stämmig, langes weißes Haar, Bart. Der hat den Müller angeschaut wie der Teufel. Ich dachte, gleich passiert etwas ganz Fürchterliches. Jedenfalls hat er von mir abgelassen, und ich bin gerannt. Nur raus aus diesem scheiß Keller. Ich hab mir meine Jacke geschnappt und bin nach Hause gelaufen.«

»Und warum haben Sie nichts unternommen? Warum sind Sie nicht zur Polizei gegangen?«, fragte nun Nina.

»Was hätte ich da erzählen sollen? Es ist mir ja nichts

passiert. Allerdings weiß ich nicht, ob ich hier meine Ausbildung zu Ende bringe. Jedenfalls nicht, solange der Müller hier arbeitet.«

»Der wird hier nicht mehr arbeiten. Der wird überhaupt nirgends mehr arbeiten. Er ist nämlich tot. Er wurde in der Grube unter der Luke gefunden. Erstochen.«

»Was?« Emil schaute völlig irritiert erst Nina und dann Schneider an.

»Nina, ich denke, Sie sollten Pfarrer Christian holen.«

»Das denke ich auch«, antwortete sie und verließ das Zimmer. Nach ein paar Minuten betrat sie mit einem mürrischen Christian den Raum und Emil sagte spontan: »Das ist er. Der Mann kam in den Keller und hat mich wahrscheinlich gerettet.«

Christian schaute Emil an und sagte: »Es tut mir leid, was dir passiert ist.«

Dann schickte Kommissar Schneider den Jungen nach Hause und bat den Pfarrer, Platz zu nehmen. Schweigend schauten die beiden Männer sich an. Nina hätte platzen können. Furchtbar gern hätte sie diesen alten Knilch von Pfarrer, der offenbar ein falsches Spiel spielte, auseinandergenommen. Aber sie wusste, was jetzt kam, war Chefsache. Nach der längsten Minute ihres Lebens hörte Nina schließlich den Pfarrer sagen: »Ich habe Ihnen verschwiegen, dass ich im Keller war. Und das aus gutem Grund. Es geht nicht um mich allein.«

»Dann teilen Sie uns bitte den Grund mit und vor allem, um wen es noch geht. Denn im Moment spricht alles dafür, dass Sie Herrn Müller umgebracht haben.«

»Das ist nicht der Grund meines Schweigens. Ich habe ihn nicht umgebracht. Eigentlich hat ihn niemand umgebracht. Er ist das Opfer seiner eigenen Gewalt geworden. Im Grunde war es Notwehr oder ein Unfall.«

»Sie sprechen in Rätseln. Bitte erzählen Sie uns, was da im Weinkeller vorgefallen ist.«

»Ich bin überhaupt erst in den Weinkeller gegangen, als

ich aus der Küche kam und dann Geschrei von dort unten hörte. Trotz geschlossener Tür. Dann sah ich, was dieser Müller mit dem jungen Mann anstellte. Das war eindeutig eine bedrohliche Situation. Als ich brüllte, er solle den Jungen loslassen, bekam er einen Schreck. Denn erst jetzt hatte er mich gesehen. Der Junge konnte sich seinem Griff entwinden und rannte durch den Keller zur Treppe. Dann stand mir der Kerl gegenüber mit seinem Messer. Er direkt am Abgrund zu diesem Eiskeller und ich etwa zwei Meter entfernt. Ich sah, wie sich jemand am anderen Ende des Lochs anschlich und mit voller Wucht die Luke zusausen ließ. Die schwere Holzluke traf Müller an der Schulter. Er knickte ein und fiel in das Loch. Dabei muss er sich das Messer selbst in den Bauch gerammt haben. Die Luke sauste nach dem Aufprall wieder zurück. Ich war zu Tode erschrocken. Und die andere Person noch mehr. Ich stieg dann in den Eiskeller hinunter und stellte fest, dass der Mann tot war. Natürlich wollte ich diese Person aus dem Keller bringen. Sie sträubte sich aber aufgrund des Schocks und fing an zu schreien. Ich wollte Hilfe holen. Hinter einem Regal sah ich Fräulein Höschen kommen, die mich aber wohl noch nicht wahrgenommen hatte. Dann habe ich mich hinter einem Regal versteckt. Ich weiß nicht warum.«

Jetzt lächelte Nina. Und auch Schneider wusste nun, um welche Person es sich handelte. So clever war der Herr Pfarrer nun doch nicht: Christiane. Warum sie allerdings nicht die Wahrheit gesagt hatte, konnten die Kommissare nicht nachvollziehen. Vielleicht war es wirklich der Schock. Oder die Beruhigungsmittel, die der Arzt ihr gegeben hatte.

Als nun wieder Schweigen eintrat, klopfte es an der Tür und Christiane kam herein: »Ich habe mitgekriegt, dass du hier bist, Christian. Ich hoffe, du hast die Wahrheit gesagt. Es war blöd von mir, nicht zu sagen, wie es sich wirklich zugetragen hat. Ich war einfach so geschockt, dass ich die Luke auf den Peter Müller habe sausen lassen. Aber mittlerweile bin ich wieder einigermaßen klar im Kopf und jeder kann wissen, wie das passiert ist. Ich hatte Angst, dass der Kerl dich umbringt.«

Nun ließ Schneider sich genau von Christiane erzählen, was passiert war. Die Aussagen der verschiedenen Leute ließen sich zusammensetzen wie ein Puzzle. Giovanni hatte dem Koch den Marsch geblasen und ihn geohrfeigt. Daraufhin ließ dieser seine Wut aus an seinem Lehrling Emil. Er ging sogar so weit, dass er ihn in den Keller zwang und ihn wohl im Eiskeller einsperren wollte. Als Pfarrer Christian in die Küche kam, war Müller daher nicht da. Aber als Emil schrie, wurde Christian aufmerksam und ging in den Keller. Emil konnte fliehen. Dann kam es zu einem dramatischen Moment, als der Koch dem Pfarrer mit einem Messer gegenüberstand. Christiane erschien kurze Zeit später, nachdem der Lehrling Hals über Kopf aus dem Keller gestürmt war. Sie hatte diese Situation ja schon einmal erlebt – als Kind, als eben dieser Peter Müller einen anderen Lehrling, Martin, in das Loch geworfen hatte. Und nun war Christian in größter Gefahr, immerhin ein Mann von Ende siebzig, der gegen den kräftigen Koch vermutlich nichts ausrichten konnte. Also kam sie auf die Idee, ihm zu helfen.

»Diesmal durfte ich mich nicht wieder verkriechen... wie damals als Kind. Ich ließ die Luke herunterklappen, die Müller an der Schulter traf. Natürlich konnte ich gar nicht sehen und wissen, ob er getroffen wurde. Aber allein der Überraschungseffekt hätte den Koch von seinem Vorhaben, Christian etwas anzutun, abbringen können. Es war blöd von mir, und auch von Christian, dass wir in unseren ersten Aussagen nichts davon erwähnt haben. Und das, obwohl wir uns nicht abgesprochen hatten.«

»Ich glaube Ihnen, Frau Bähr, dass Sie Herrn Müller nicht töten wollten. Sie konnten ja auch gar nicht wissen, dass die Luke ihn treffen würde. Es wäre aber gut gewesen, wenn Sie den Vorgang gleich so beschrieben hätten. Ich werde mein Bestes tun, den Staatsanwalt von einer Anklageerhebung abzuhalten. Wie ich das sehe, war es Nothilfe. Leider mit Todesfolge. Aber wenn ich mich in Sie hineinversetze, verstehe ich Ihr Handeln.

Es war die einzige Möglichkeit, den Herrn Pfarrer vor Schaden zu bewahren. Er wurde schließlich mit einem Messer bedroht. Und das von einem Mann, der jünger und stärker war. Und der auch schon so einiges auf dem Gewissen hatte.«

Und an beide, Christiane und Christian, gerichtet, sagte er: »Wir werden jetzt Ihre Aussagen zu Papier bringen und bitten Sie dann, diese zu unterschreiben. Dann können wir morgen früh unseren Bericht an die Staatsanwaltschaft geben. Ich hoffe, dass dann alles für Sie vorbei ist.«

Ziemlich erschöpft, aber auch erleichtert, verfiel Christiane in ihren Oberharzer Jargon: »Für mich is sowieso alles vorbei. Ich hah de Schnauze voll von diser ganzen Scheiße. Ich verkauf disn ganzn Krempel hier und mach endlich ne Wörschtchenbud auf Mallorca auf.«

Christian zwang sich ein kleines Lächeln ab und legte seinen Arm um sie.

Goslar, 17. Februar 2014

Als der Staatsanwalt am nächsten Morgen gegen neun bei Schneider anrufen wollte, um sich nach dem Stand der Dinge zu erkundigen, nahm dieser nicht ab. *Wo treibt sich der Kerl schon wieder um? Schlampiger Laden!* erging er sich in Selbstgesprächen. Da klopfte es an der Tür und herein kam der Kommissar:

»Guten Morgen, Herr Staatsanwalt. Hier ist mein Bericht, den ich heute Nacht mit meiner Mitarbeiterin verfasst habe. Der Fall ist gelöst.«

»Morgen. Warum ging es auf einmal so schnell?«

»Das können Sie in Ruhe nachlesen. Wenn Sie noch Fragen haben, steht Ihnen Frau Liebe zur Verfügung. Ich werde gleich nach Hause gehen, um den Schlaf nachzuholen, den ich in den letzten Nächten nicht hatte.«

Inzwischen hatte der Staatsanwalt den Text überflogen und hängte sich bei dem Begriff „Nothilfe" auf.

»Das ist nicht Ihr Ernst!«

»Jedes Wort, das ich geschrieben habe, ist ernst. Es tut mir leid, dass Sie nun nicht in einem Mordprozess brillieren können. Aber so ist die Sachlage nun mal. Immerhin können Sie ja im ersten Todesfall einige Anklagen vornehmen. Zwar handelt es sich hier auch nicht um Mord und Totschlag. Aber wir können uns ja die Verbrechen nicht so konstruieren, wie wir sie gern hätten.«

»Ich brauche von Ihnen keine Belehrungen, wie ich meine Arbeit zu machen habe, Schneider.«

»Die brauche ich auch nicht, Büttner. Einen schönen Tag noch.«

Mit einem Lächeln auf dem Gesicht verschwand der Kommissar aus dem Zimmer und ging ins Büro zu Nina, um mit ihr noch einen Kaffee zu trinken. Er freute sich darauf, gleich wieder nach Hause zu kommen. Er war nach ein paar Stunden Schlaf ohnehin nur gekommen, um dem Staatsanwalt persönlich den Bericht zu übergeben.

Als die beiden in der Besprechungsecke fröhlich miteinander plauderten, klopfte es an der Tür. Lilly Höschen betrat den Raum. Dem Kommissar schwante nichts Gutes.

»Guten Morgen. Ich komme nur, um mich zu bedanken, dass Sie die Fälle so schnell gelöst haben. Ich fahre jetzt zurück nach Lautenthal. Ich habe mich hier schon viel länger aufgehalten, als ich eigentlich vorhatte. Aber wer ahnt denn so etwas? Da fährt man zu einem gemütlichen Abendessen, und noch ehe man das Hotel betreten hat, wird schon jemand einbetoniert. Dann diese Bedrohung mit Waffengewalt. Und als alles geklärt ist, findet man die nächste Leiche im Keller. Also mein Bedarf an Kriminalistik ist fürs Erste gedeckt.«

»Unserer auch«, erwiderte Schneider, als er endlich mal zu Wort kam »und das, obwohl wir es von Berufs wegen machen. Ich gönne mir in den nächsten Tagen jedenfalls eine schöpferische Pause.«

»Das ist gut. Ihre Kollegin kann Sie bestimmt bestens vertreten. Denn das Verbrechen schläft nicht. Ich hätte da nämlich noch eine Leiche…«

Jetzt öffnete Schneider den Mund, blickte entsetzt zu Nina und dann zu Lilly.

Ein paar Sekunden später redete Lilly weiter: »Das war ein Scherz, Herr Schneider. Ich hoffe, Sie nehmen ihn mir nicht übel. Also dann, auf Wiedersehen. Bis zum nächsten Mal.«

Als Lilly die Tür hinter sich geschlossen hatte, atmete Schneider erst einmal die aufgestaute Luft aus und sagte: »Es eilt nicht, Fräulein Höschen. So schnell besteht bei mir kein Bedarf nach einem Wiedersehen.«

– E N D E –

Ein paar Worte hinterher

Lilly Höschen mag in die Jahre gekommen sein. Aber ihrer Lebensfreude, ihrer Neugier und ihrer spitzen Zunge tut dies keinen Abbruch. Wo sie auftaucht, ist etwas los. Dies ist bereits der achte Krimi, dessen Handlung im Harz spielt, und der siebte, in dem das Fräulein aus dem Oberharz eine tragende Rolle bei der Aufklärung von Verbrechen einnimmt. Ganz ihrem Naturell entsprechend, kann sie es nicht lassen, sich einzumischen.

Ich hoffe, ich konnte Ihnen mit dieser Geschichte ein paar unterhaltsame Lesestunden bereiten. Es würde mich freuen, wenn Sie mir mitteilen, ob Ihnen das Buch gefallen hat. Wenn ja, empfehlen Sie es doch einfach weiter. Vielleicht finden Sie sogar einen Moment Zeit und schreiben eine kurze Rezension.

Ich danke meinen Leserinnen und Lesern, die mir die Treue gehalten haben und freue mich über Kontakte.
Mein Dank gilt natürlich auch den fleißigen Buchhändlerinnen und Buchhändlern, Bibliothekarinnen und Bibliothekaren, die sich für die Verbreitung meiner Krimis einsetzen, Lesungen organisieren und mir auch einen Teil der Öffentlichkeits- und Pressearbeit abnehmen. Ganz besonders möchte ich mich bei meinem Lektor Sascha Exner bedanken, der nun bereits das zehnte Buch mit mir gemacht hat.

Schreiben kann süchtig machen. Und dies in besonderem Maße, wenn seitens der Leserschaft so viel Zupruch kommt. Deshalb bleibe ich am Ball oder besser: an der Tastatur. Das nächste Buch kommt bestimmt.

Helmut Exner (Foto: Ania Schulz)

FACEBOOK.DE/HELMUTEXNERAUTOR

HELMUTEXNER.DE | HARZKRIMIS.DE

Über mich

Mein Name ist Helmut Exner und ich wurde 1953 in Lautenthal im Harz geboren. Meine große Liebe ist das Schreiben.

Geschrieben habe ich schon immer, ohne dass mein Name dabei groß in Erscheinung getreten ist. In meinem ersten Roman Die Frauen von Janowka habe ich ein Stück meiner eigenen Familiengeschichte im Kontext zur Geschichte des 20. Jahrhunderts aufgearbeitet.

Bekannter sind sicherlich meine Krimis, die vorwiegend im Harz spielen und sich der derben Sprache der Region und skurriler Charaktere bedienen. Es ist die Mischung aus Spannung, Wortwitz und einem Hang zum Schrägen, die die Originalität dieser Bücher ausmacht. Lilly Höschen, das alte Fräulein, ist dabei zur beliebten Serienfigur geworden. Ich schreibe zwar Krimis, weil ich es gern spannend habe. Aber mit Blutorgien und der Aneinanderreihung von Grausamkeiten hab ich nichts am Hut. Ich bin selbst ein großer Leser. Und ich finde es einfach wunderbar, ein Buch vor lauter Spannung nicht mehr aus der Hand legen zu können und dabei richtig gut Laune zu haben.

Ich habe zwei Söhne, vier Enkelkinder und lebe mit meiner Frau in Duderstadt, Südniedersachsen.

Mehr von Helmut Exner

Walpurgismord
224 Seiten
6. Aufl. 02/2018
Taschenbuch, € 8,95
ISBN 978-3-936318-91-3
auch als eBook erhältlich

Sauschlägers Paradies
176 Seiten
2. Aufl. 09/2012
Taschenbuch, € 8,95
ISBN 978-3-936318-92-0
auch als eBook erhältlich

Die Segeberg-Connection
151 Seiten
2. Aufl. 10/2015
Taschenbuch, € 8,95
ISBN 978-3-936318-97-5
auch als eBook erhältlich

**Lilly Höschen und ihr
Gespür für Mord**
156 Seiten
1. Aufl. 09/2012
Taschenbuch, € 8,95
ISBN 978-3-943403-17-6
auch als eBook erhältlich

Die Toten von Silbernaal
171 Seiten
2. Aufl. 11/2018
Taschenbuch, € 8,95
ISBN 978-3-947167-35-7
auch als eBook erhältlich

Mörderische Harzreise
164 Seiten
2. Aufl. 09/2017
Taschenbuch, € 8,95
ISBN 978-3-943403-99-2
auch als eBook erhältlich

**Lilly fährt mit dem
Zeppelin zum Mond**
130 Seiten
1. Aufl. 09/2013
Taschenbuch, € 8,95
ISBN 978-3-943403-31-2
auch als eBook erhältlich

Familientreffen mit Leiche
192 Seiten
2. Aufl. 11/2019
Taschenbuch, € 8,95
ISBN 978-3-947167-76-0
auch als eBook erhältlich

Alfies Bestattungsladen
192 Seiten
1. Aufl. 07/2014
Taschenbuch, € 8,95
ISBN 978-3-943403-37-4
auch als eBook erhältlich

MordsErbe
240 Seiten
1. Aufl. 03/2015
Taschenbuch, € 8,95
ISBN 978-3-943403-48-0
auch als eBook erhältlich

**Das Böse über der
kleinen Stadt**
172 Seiten
1. Aufl. 10/2015
Taschenbuch, € 8,95
ISBN 978-3-943403-55-8
auch als eBook erhältlich

**Von alten Büchern und
Leichen im Keller**
133 Seiten
1. Aufl. 03/2016
Taschenbuch, € 8,95
ISBN 978-3-943403-58-9
auch als eBook erhältlich

Im Kalten Tal
184 Seiten
1. Aufl. 06/2016
Taschenbuch, € 8,95
ISBN 978-3-943403-68-8
auch als eBook erhältlich

Bratkartoffeln mit Champagner
192 Seiten
1. Aufl. 04/2017
Taschenbuch, € 8,95
ISBN 978-3-943403-92-3
auch als eBook erhältlich

Sauschlägers Jammertal
128 Seiten
1. Aufl. 03/2018
Taschenbuch, € 8,95
ISBN 978-3-947167-18-0
auch als eBook erhältlich

Zehn kleine Lehrerlein
zusammen mit Jens Heye
128 Seiten
1. Aufl. 11/2018
Taschenbuch, € 8,95
ISBN 978-3-947167-32-6
auch als eBook erhältlich

Fahr zur Hölle, Vogelmann
144 Seiten
1. Aufl. 08/2019
Taschenbuch, € 8,95
ISBN 978-3-947167-68-5
auch als eBook erhältlich

Die Frauen von Janowka

Eine wolhynische
Familiengeschichte

Roman

244 Seiten
2. Aufl. 10/2019
Taschenbuch, € 9,80
ISBN 978-3-947167-74-6
auch als eBook und in
englischer Sprache erhältlich

Lange Zeit leben die Menschen in dem von Deutschen gegründeten ukrainischen Dorf Janowka in Frieden und Wohlstand. Der Wind dreht sich, als Zar Nicolaus II. den Deutschen aufgrund der großpolitischen Wetterlage das Leben schwer macht. Im Ersten Weltkrieg werden sie nach Sibirien verbannt. Wer kann, wandert nach Deutschland oder Kanada aus. Der Autor, ein Nachkomme der Frauen von Janowka, spürt in der Parallelhandlung dem Leben seiner Vorfahren nach und findet deren Nachkommen wieder, die über Kontinente hinweg verstreut sind.

Eine Familiensaga, die eingebettet ist in die wechselvolle Geschichte des 20. Jahrhunderts – von der Verwirklichung des Traums von einem besseren Leben.

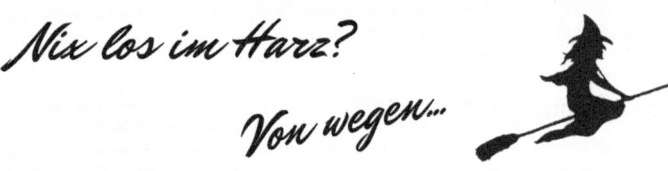

Nix los im Harz?

Von wegen...

Auf **HARZKRIMIS.DE** finden Sie:

- sämtliche **Harzkrimis** aus dem EPV-Verlag
- **Autorenporträts**
- Termine von **Lesungen** und sonstigen Events
- »**Tatorte**« aus den Krimis
- unseren **Newsletter** und vieles mehr...

Keine Leichen mehr verpassen...
Newsletter abonnieren auf

HARZKRIMIS.DE